昏(くら)き聖母 下

ピーター・トレメイン

ラーハン王のブレホンは、フィデルマとは因縁の仲。事態は絶望的だったが、フィデルマは諦めなかった。調べるうちに、事件のあった晩の夜警がそのあと事故死していたり、エイダルフが被害者を襲っていたと証言した少女が消えてしまったりと、不審なことが次々判明する。さらに、処刑を目前にエイダルフが牢からいなくなってしまい——。誰かがエイダルフを助けるために連れ出したのか、それとも何らかの理由で消そうとしているのか。謎が謎を呼ぶもつれた事件を、フィデルマはいかに解き明かす？　そしてエイダルフの運命は？　シリーズ第九弾。

登場人物

〝キャシェルのフィデルマ〟……修道女。七世紀アイルランドの法廷に立つドーリィー〔法廷弁護士〕でもある

〝サックスムンド・ハムのエイダルフ〟……サクソン人修道士。サクソン南部のサックスムンド・ハムの出身

デゴ……
エンダ……
エイダン……
　キャシェルの武人

ファインダー……ファールナの女性修道院長

ノエー……ファールナの前修道院長、ラーハン国王の信仰上の顧問官、〈魂の友(ソール・フレンド)〉

シスター・エイトロマ……ファールナ修道院の修道女、執事(ラクテレ)

ブラザー・イバー……ファールナ修道院の修道士、鍛冶職人

ブラザー・ケイチ……ファールナ修道院の修道士、看守

ブラザー・ミアッハ……ファールナ修道院の修道士、薬師（くすし）
ガームラ……見習い修道女、事件の被害者
フィアル……見習い修道女、ガームラの友人
フィーナマル……ラーハン王国の王
ファルバサッハ……ラーハンのブレホン〔法官、裁判官〕
メル……フィーナマルの親衛隊隊長
ラサー……〈黄山亭（イエロー・マウンテン）〉の女将（おかみ）、メルの姉
ガブローン……川船の船頭、交易人
コバ……カム・オーリンのボー・アーラ〔地方代官〕、族長
ダウ……カム・オーリンの武人
ダグ……夜警団団長
ディオグ……ダグの妻
ダルバッハ……盲目の男
ムィレクト……少女

カナ……………………少女
ブラザー・マルタン……聖ブリジッド教会の司祭
ボラーン…………………アイルランド全土のブレホンの長の中の最高位者

昏(くら)き聖母 下

ピーター・トレメイン
田村美佐子訳

創元推理文庫

OUR LADY OF DARKNESS

by

Peter Tremayne

ゴシック文字はアイルランド（ゲール）語を、
行間の（　）内の数字は巻末訳註番号を示す。
聖書の引用は、原則として『舊新約聖書・文語譯』（日本聖書協会）に拠る。
旧約聖書続篇の引用は、原則として『旧約聖書続篇（アポクリファ）』（旧約聖書続篇翻訳委員訳、聖公会出版社、一九三四年）に拠る。

昏（くら）き聖母　下

第十一章

〈黄山亭〉に戻ったあとも、フィデルマはノエー前修道院長のことを考えていた。このようなときにファールナに留まることに頓着しないとは驚きを禁じ得ない。かつての修道院長であり、フィーナマルの信仰上の顧問官でもある以上、さまざまな点においてもうすこし主導権を握っている人物なのだろうとフィデルマは思っていた。初審には彼も姿を見せていた、とエイダルフは話していた。ところが、『懺悔規定書』の信条を支持する者として名前が出てくる以外、初審のあとには、彼はいずれのできごとにおいても目立った存在とはなっていない。

なぜノエー前修道院長のことが気になるのか、自分でもよくわからなかった。かの気短な前修道院長について彼女が知っていることはわずかだったが、まさかこの国の法律を変えようとまでする者を、自身が院長を務めていた修道院の次期院長に任命するとはまったく予想外だった。記憶のかぎりでは、ノエー前修道院長は〈フェナハスの法〉の制度を支持していた。だがフィデルマが関わったこれまでの経験からいえば、彼は奸計を巡らすことに長けた悪賢い男だ。はたしてノエーが今回の謎において重要な役割を担っているのか否か、やはり思い悩まずにはいられなかった。

彼女は旅籠（はたご）の食堂の椅子に座り、頭の中であれこれと考えを巡らせていた。だが結局、エイダルフが修道院から姿を消した件に戻ってしまうのだった。念のため〝姿を消した〟という言葉を用いたのは、ファルバサッハにしても修道院長にしてもいっさい信用がおけなかったからだ。エイダルフはほんとうに脱走したのだろうか？　一連のできごとにおける重要な目撃証人たちがあまりにも大勢〝姿を消して〟いる。彼女はふいに身震いをした。今、私はなんと？　エイダルフはほかの者たちと同様に、ただ忽然と姿を消しただけだ、と？

暖炉の火の温もりと、眠れぬ夜を過ごしたせいで彼女はうとうとしはじめ、あれこれと考えているうちに、心ならずも眠気が襲ってきて、しだいに頭がはたらかなくなってきた。いつしか彼女はぐっすりと寝入っていた。

どれだけの時間が経ったのか、彼女は扉の開く音で目を覚ました。エンダが入ってきた。満足げな表情を浮かべている。彼女は欠伸（あくび）を押し殺し、伸びをして、彼を迎えた。

「どうでしたか、エンダ？」

若き武人はすぐさま彼女の傍（かたわ）らへやってきて、椅子に腰をおろした。素早く周囲を見まわし、自分たち以外に誰もいないことを確かめると声を低め、いった。「気づかれることなく修道院長殿の跡をつけてまいりました。彼女は北へ向かい……」

「北へ？」

「ええ――とはいえせいぜい五、六キロメートルです。そこから山道に入っていきました。のぼった先にはラヒーンという村落がありました。彼女はそこにあるちいさな家を訪ね、中から出てきた女性に迎え入れられていました。かなり親しい間柄のようです」

フィデルマは問いかけるように片眉を軽くあげた。「親しい間柄?」

「たがいに抱擁していました。そのあとふたりは家の中に入っていきました。院長殿が出てきたのはそれから一時間ほど経ってからでした」

フィデルマはそのときようやく、すでに午後もだいぶ遅いことに気づいた。数時間ほど眠ってしまっていたようだ。

「続けてください」すっかり時間を無駄にしてしまった、という苛立ちをひた隠しにしながら、彼女はいった。「それからどうなりました?」

「院長殿が家の中にいる間に、われらが友人ファルバサッハがそこを訪ねてきたのです。先ほどの女性はふたりを残して家を出ていきました。しばらくしてファルバサッハが帰っていき、そのあとまもなくファインダーもその家から出てきました。彼女はそのままファールナへ戻っていきましたので、跡をつけるまでもないかと」

「それであなたはなにを?」

「ふたりの訪ねた家にいたあの女性が何者なのか、あなた様がお知りになりたいだろうと思いまして」

フィデルマは満足げに笑みを浮かべた。「なかなか鋭いですね、エンダ。ドーリイーになれるのではありませんか」

若者は彼女の軽口を本気にして、かぶりを振った。

「わたしは武人で、父も武人でしたし、いずれ老いて武人を辞したときには畑でも耕すつもりです」

「その女性が誰なのかは突き止めたのですか？」

「直接乗りつけるのはやめておき、かわりに近隣の住人に少々聞きこみをしてまいりました。それによると、女性の名はディオグというそうです」

「ディオグ？　ほかにもなにかわかりましたか？」

「最近未亡人になったばかりだということだけはわかりました。夫はダグという男だったそうです」

フィデルマはしばし黙りこんだ。「夫は確かにその名前だったのですか？」

「わたしはそう聞きました、姫様」

「その女性が近頃未亡人になったばかりだというのなら、夫というのはあのダグに間違いないでしょうね」

エンダは心もとなげな表情を浮かべた。「どういうことでしょうか」

どうやらエンダに説明してやっている時間はなさそうだった。ファインダー修道院長とフアルバサッハ司教が、溺死した夜警の未亡人を訪れた理由とは？　ファインダーからは、あの夜警のことはあまり知らないという印象を受けたが、ならばなぜ、その未亡人を訪れたのだろうか？　そればかりか、エンダの報告によれば、ふたりはかなり親しいようすだったという。またしても謎だった。

「修道院長がそのディオグという女性を頻繁に訪れているかどうかまでは、あなたもさすがに調べてはいませんね？」彼女は訊ねた。

エンダはかぶりを振った。「必要以上に人目を惹かぬほうがよいと思いましたので」彼は弁明した。「あまり多くを訊ねすぎぬほうが得策かと」

それについてはエンダの振る舞いが正しい、とフィデルマは認めた。あまりにも多くのことを問おうとすれば、相手に警戒心を抱かせることになりかねない。

「その女性の住まいはここからどのくらいの距離だといいましたか？」

「馬を飛ばして一時間弱というところです、姫様」

「暗くなるまであと数時間というところですね」空を見あげながら、考えこんだようすでフィデルマが口にした。「ですが、そのディオグなる人物にはどうしても話を聞いておかねばなりません」

「わたしが道を憶えておりますので、姫様」エンダが勢いこんで、いった。「たとえ暗がりであっても問題なく往復できます」

「ではそういたしましょう」フィデルマは決定をくだした。「デゴはどこです？」

「厩舎で馬の手入れをしていたはずです。呼んでまいりますか？」

彼女はかぶりを振った。「できるだけ急いで出かけたほうがよさそうです。一緒に彼のところへ行きましょう」

行ってみると確かに、戻ってきたばかりのエンダの馬をデゴが手入れしてやっていた。ふたりが厩舎へ入っていくと彼は顔をあげた。気遣うような表情をフィデルマに向ける。

「仰せのとおり、わたしは正午過ぎにこの旅籠へ戻ってまいったのですが、姫様」彼はいった。「あなた様は暖炉のそばで寝入っていらっしゃるごようすでしたし、わたしもとりたててご報告することもございませんでしたので、すこしお休みになられたほうがよろしいかと。お起こしすべきでしたでしょうか」

なんの話をしているのか、フィデルマには一瞬わからなかったが、そのときふいに、自分が修道院から戻ったらこの旅籠で落ち合って次の作戦を練ることにしましょう、というようなことを口にしたのを思いだした。心配そうな表情を浮かべている彼に向かって、彼女はすまなそうに微笑んだ。

「いいのですよ、デゴ。むしろ眠っておいてよかったです。私はエンダと馬で出かけてまいります。おそらく数時間ほどかかると思います」

「わたしもご一緒いたしますか？」

「その必要はありません。行き先はエンダが知っています。留守にしている間に万が一ブラザー・エイダルフから連絡があった場合に備えて、ここには誰かにいてほしいのです」

彼女はデゴの手を借りながら馬に鞍を置き、その間にエンダも自分の馬に鞍を乗せた。

「念のために伺っておきますが」デゴが訊ねた。「どちらまでおいでですか？」

「ここから六キロメートルほど北の、ラヒーンという場所に住んでいるディオグという女性を訪ねる予定です。ですがこのことは口外しないように」

「承知いたしました、姫様」

ふたりは馬上の人となり、ファールナの街路を闊歩していった。エンダが先に立ち、薄暗い修道院を囲んで聳え立つ灰色の壁を仰ぎ見ながら、壁の傍らを通り過ぎ、曲がりくねった川岸沿いを北へ向けて進んだ。道が枝分かれしたところで、エンダは山に続くほうの緩い坂道を選び、雑木林ともいえぬほどのちいさな木立を進んだ。

ここでフィデルマがふとエンダを呼び止めた。彼女は振り返ると、木立と灌木の茂みの端に馬を寄せ、ここまでたどってきた道のりを見わたして、馬の背に身を屈め、葉陰にじっと身をひそめた。

なにをしているのか、と問うまでもなかった。誰かに跡をつけられていたとしても、この場所で見ていれば、相手はかならずここを通るはずだったからだ。フィデルマはかなり長いことそのままじっとしていたが、やがてほっと安堵のため息をついた。にこりとエンダに笑みを向ける。

「取り越し苦労だったようです。今のところは誰にも跡をつけられていません」

エンダは無言で向き直るとふたたび馬を進めて木立を過ぎ、耕作地に挟まれた道を抜けて、その先にある小山の、山腹のあたりにある鬱蒼と茂る森をめざした。

「この山はどういった山なのです、エンダ?」坂道をのぼりながら、フィデルマが訪ねた。

「これこそまさしく、われわれの泊まっている宿の名前の由来となった山です。ここがイエロー・マウンテン、すなわち〝黄色の山〟です。もうすこし先でさらに東寄りへ進み、山の裏手に回って、ラヒーンに向けふたたび北へ進みます。ラヒーンは渓谷の入り口にありますので、さほどはかかりませんでしょう」

ほどなく、明るい秋の空がしだいに雲がちになって翳りだし、夕刻が迫りつつあることを知らせはじめた頃、エンダが馬を止めて指さした。ふたりがいるのは、川に向かって南に延びた渓谷の入り口だった。見わたした先の山腹には、屋根から黒い煙の立ちのぼる小屋がいくつか点々と建っていた。明らかに農村のようだ。

「あちらの家がご覧いただけますか、姫様?」

フィデルマは彼の指さす先を目で追った。

山腹の険しい勾配にしがみつくように、ちいさな小屋が建っていた。けっして粗末な家ではないが、富や地位をあらわすようなものは特に見当たらない。石造りの壁は分厚い灰色の花崗岩でできており、これまた分厚い草葺き屋根は、すぐにでも修繕したほうがよさそうなありさまだった。

「ええ見えます」

「あれがディオグという女性の家です。ファインダー修道院長とファルバサッハ司教が訪ねてきた場所です」

「わかりました。ディオグが私どもの問いに対していかなる答えを持っているか、確かめにまいりましょう」

フィデルマは馬を前に進めると、エンダを従え、彼が指し示した小屋をまっすぐにめざした。

小屋の住人は彼らがやってきた物音を明らかに耳にしたと見え、ふたりが馬をおり、家の前の野菜畑との境目となっている低い柵にそれぞれの馬を繋いでいると、扉が開き、女がひとり姿をあらわした。彼女よりも先に、大型の猟犬が一匹飛び出してきたが、ぴしゃりと女にたしなめられてぴたりと止まった。女は中年とまではいかなかったが、怪訝そうな表情で、顔には深い皺が刻まれていたため、ちらりと見たかぎりでは、じっさいよりも老け顔に見えた。瞳の色は薄く、青というよりもむしろ灰色に近かった。田舎ふうの質素な服装をしており、屋外の日射しや風をさぞ長いこと浴びて過ごしてきたのだろうという風貌だった。奇妙にもフィデルマは、そのおもざしにはどこか見覚えがあるような気がした。だがフィデルマは素早く神経を研ぎ澄ませ、先ほどの犬が、年老いてはいるものの、自分の女主人を懸命に守ろうとしていることにも気づいた。

女はフィデルマに目を留めると、訝しげに進み出てきた。

「ファインダーの遣いかい？」フィデルマが修道女の法衣をまとっているのを目にしたからか、女が唐突に口にした。

その不安げな声に、フィデルマは驚きを隠せなかった。

「なぜそう思ったのです？」とはぐらかす。

女が目をすがめた。「あんた、尼僧様だろう。ファインダーが寄越したんじゃないなら、どちら様で？」

「フィデルマと申します。〝キャシェルのフィデルマ〟です」

女は明らかに表情をこわばらせ、口もとを引き締めた。「で？」

「私の名前をご存じのようですね」相手の反応を見逃さず、フィデルマはいった。

「噂になってるからね」

「では私がドーリィーであることもご存じですね」

「まあね」

「日も暮れて冷えてきました。中でしばらくお話を伺わせていただいてもよろしいかしら？」

女は気乗りがしないようすだったが、結局、入れというように小屋の扉のほうへ首を傾けた。

「ならどうぞ。なんの話をしたいんだか知らないけどさ」

案内されると、小屋の中はひろびろとしたひとつづきの居間になっていた。とりあえず危険はないと判断したようで、先ほどの猟犬はさっさと先に家の中へ入っていった。奥のいっぽうの隅に暖炉があり、薪がパチパチと音をたてて燃えている。老犬は暖炉の前で前足に頭を乗せ、身体を伸ばしてうつ伏せに寝ていたが、目は薄く開けたまま、ふたりにじっと視線を注ぎつづけていた。

「どこにでも好きに座っとくれ」女が促した。

女が暖炉脇の椅子に腰をおろすのを確かめると、まずフィデルマがその向かい側に座り、いっぽうエンダは、しかたなく扉のそばにあった腰掛け椅子に、居心地が悪そうに軽く腰かけた。

「それで、話ってのは？」

「お名前はディオグと伺っていますが？」フィデルマは口火を切った。

「否定のしようがないね、そのとおりだからさ」女が答えた。

「夫君の名前はダグでしたね？」

「神があの人の魂に慈悲を与えんことを。確かにそういう名前だったよ。だけどそれがあんたとなんの関係があるってんだい？」

「彼はファールナの船着き場の夜警団の団員だったと聞いています」

「団長だよ、メルが王様の親衛隊に昇進してからは。団長だったってのに、ほとんどそれを味わうこともなく逝っちまった」彼女は声を詰まらせ、鼻をすすった。

「お悔やみ申しあげますわ、ディオグ、ですがいくつか私の質問に答えていただかなくてはなりません」

女は懸命に感情を押し殺した。「あんたがほうぼうで聞きこみしてまわってるってのは知ってるよ。例のサクソン人と親しいそうじゃないか」

「なにか……そのサクソン人について、なにか知っていますか？」

「知ってるっていってもせいぜい、気の毒な幼い子どもを殺した罪で、裁判にかけられて死刑になったことくらいだけど」

「ほかにはなにか？　ほんとうにやったのか、それともやっていないのか、という噂は？」

「ラーハンのブレホン様が有罪の判決をくだされたんだから、やってないなんてことがあるかい？」

「彼はやっていません」フィデルマはきっぱりと答えた。「それに、あの修道院のそばの船着き場での人死にが、偶然にしてはあまりにも多すぎます。ですから一例として、あなたの夫君が亡くなったときのことを話していただきたいのです」

女の表情がほんの一瞬固まり、今いわれたことにはなにか言外の意味があるのだろうか、と、その薄い色の瞳がフィデルマを探るように見た。やがて彼女は口をひらいた。「いい人だったんだ」

「そうでしょうとも」フィデルマは答えた。

「溺れ死んだんだそうだよ」

「〝そうだ〟？」

「ファルバサッハ司教様がそうおっしゃった」

「ファルバサッハが直接あなたにそう話したのですか？ 聞いた名前が続々と出てきますね、ディオグ。ファルバサッハ司教は、正確にはあなたになんといったのです？」

「夜廻りの間に、ダグは木の船着き場で足を滑らせて、川に落ちたときに橋脚のひとつに頭をぶつけて、そのまま気絶したんだ、って。朝になって〈黒丸鴉号〉の船員に発見されたそうだよ。あの人……」彼女は声を詰まらせたが、やがてふたたび話しはじめた。「あの人、気絶してる間に溺れ死んじまったんだ、って」

フィデルマは軽く身を乗り出した。「目撃者がいたのですか？」

ディオグは戸惑った表情で彼女を見やった。「目撃者だって？ 誰かがそばにいたんなら、あの人は溺れ死んだりしなかったよ」

「では、なぜそれほど詳しいようすがわかるのです？」

「そういうことだったんだろう、ってファルバサッハ司教様がおっしゃったからさ。事実を突き合わせるとそうとしか考えられない、って」彼女は決まり文句よろしく、そう口にした。ブレホンにいわれたとおりの言葉をただただ繰り返しているのだ。

「ですがあなた自身はどう思っているのです?」

「たぶんそのとおりなんだろうよ」

「ダグが、船着き場でのことをあなたに話したことがありましたか? たとえば、船員が亡くなったことは?」

「気の毒に、イバーがその罪で死刑になったって聞いたよ」

フィデルマは眉根を寄せた。「気の毒に? では、あなたはブラザー・イバーを知っていたのですか?」

彼女はかぶりを振った。「家族を知ってるだけさ。イエロー・マウンテンの、ここよりふもとに近いあたりで鍛冶屋をやってる。なんでイバーを捕まえたかってことはダグも話してた」

「それはどのような? ダグは、正確にはなんと話していたのです?」

「なんであんたは、ダグがあたしにした殺人事件の話なんか聞きたがるのさ?」ディオグはうんざりしたようにフィデルマを見やった。「ファインダーから聞いてないのかい? ファルバサッハ司教様ですら、細かい話までは聞こうとしなかったってのに」

「とにかく話していただけませんか」フィデルマは微笑んだ。「ぜひお聞きしたいのです、さらにできれば、可能なかぎり夫君の言葉をそのまま繰り返してもらいたいのです」

「ええと、確かこういってた。真夜中頃、修道院近くの船着き場の夜廻りをしてたら悲鳴が聞こえた。そこで持ってたたいまつを掲げて、大声で返事してから、声のしたほうへ歩いてった。すると船着き場の板の上を走ってく足音が聞こえた。近づいてみると誰かが蹲(うずくま)ってた。それは男で、船商人だった。彼はガブローンの船員のひとりで、船はそのときも船着き場にもやわれてた。男の頭蓋骨は陥没してて、すぐそばには木の棍棒が落ちてた」

「棍棒？」

「船に使われてる木の棒みたいなものじゃないか、ってダグはいってたよ」

「索止め栓(ビレーピン)ですか？」

ディオダグは肩をすくめた。「あたしはまったく詳しくないけど、確かダグはそんなような言葉を使ってたね」

「続けてください」

「船商人はどう見ても死んでたから、死体はそのままにして、駆けてく足音のほうへ走ってった。でもすぐに、犯人が夜闇に紛れて行方をくらましちまったのがわかったから、死体のところに戻って……」

「足音がどの方角に向かっていったか、彼は話していましたか？　たとえば、修道院の門の方角へ走っていった、などとは？」

そう問われて、ディオグはしばらく考えこんだ。

「修道院の門の方角じゃないだろうね。足音は夜闇に吸いこまれてった、ってダグはいってた。修道院の門には、夜になるとかならずたいまつが二か所灯されるんだ。犯人が門のほうへ逃げたんなら、たいまつの明かりに照らされて、ダグにも見えたはずだからね」

「たいまつが二本灯っていた？」フィデルマはふと黙りこみ、その情報についてじっくりと考えた。「あなたはなぜそれを？」

「ファインダーから聞いたのさ」

フィデルマは一瞬だけためらったが、今は話を横道にそらすのはやめておくことにした。

「そのことはあとで伺います。ダグから聞いた話の続きをお願いします」

「ええと、ダグは船員の死体のところに戻って、大声で急を知らせた。するとガブローンの船で寝てた別の船員が起きてきて、ガブローンは〈黄山亭〉に行ってる、最後に俺がその死んでる男を見かけたとき、そいつも一緒にそこにいたぜ、っていわれたそうだよ。その死んだ男が旅籠に行ったのは、どうやらガブローンから金を受け取るためだったようだ、って。

ダグが旅籠に向かうとガブローンがいた。あの男はべろんべろんに酔っ払ってて、状況を呑みこませるのにも苦労したんだってさ。旅籠の女将(おかみ)のラサーから聞いたところじゃ、ガブローンのもとにあの死んだ船員がやってきて、しばらく揉めてたんだそうだ。ガブローンが船員に金を渡すと、とりあえず一件落着したようだった。船員はそこでしばらく酒を飲んだあと、船に帰ってった。だいぶ遅い時間だったから、ラサーはとうに床についてたけど、そのあとダグがガブローンに話を聞くためにやってきて起こされたんだそうだよ」

女はひとしきり語ると、ふと言葉を切った。

「こんな話でいいのかい、尼僧様？」彼女は眉をひそめ、訊ねた。「ファルバサッハ司教様はなんの関連もない話だとお考えだったけど」

「続けてください、ディオグ。ほかにダグはなんといっていましたか？」

「確かにたった今、その船員に払うことになってた給金を払ってやったところだ、ってガブローンはいってた、って」

「揉めていた理由についてなにかいっていましたか？」

「お金のことだったらしいね。初め、原因は別にいいんだ、ってダグはいってた。ところがそうもいってられなくなったのは、死んだ船員の持ちものからその金がなくなってたからなんだ。それだけじゃない。金が消えたって聞いたガブローンが、だったら奴がいつも身につけてた金の首飾りはどうなった、って訊いたんだ。そしたらやっぱりそれもなくなってた」

「確か、遺体からもお金や金の首飾りは見つかっていないはずです」

「ダグはそのことで悩んでた。夜闇に消えてく足音を追いかけたけど逃げられちまって、しかたなく戻ってきて死体を調べたそうなんだけど」

「悩んでいた？　なにをです？」

ディオグはダグの話を懸命に思いだそうと、眉間に皺を寄せた。

「そのう……ダグは見間違いかもしれないっていってたんだけど……ええと……」

「ゆっくりでいいんですよ」口ごもりながら懸命に思いだそうとする彼女に、フィデルマは優しくいった。

「足音を追っかける前に、最初に死体を見たとき、死んでた男の胸もとに、確かに金の首飾りがあった、ってダグはいってた。たいまつの明かりできらっと光って見えた、って」

「けれども戻ってきてみたら首飾りはなくなっていた？」

「それであの人は悩んじまってね。戻ってきたら首飾りはなくなってたっていうんだから」

「彼はそのことを誰かほかの人に話しましたか？」

「ファルバサッハ司教様には話した、って」

「なるほど。それでどうなりました？　ファルバサッハはなにを？」

「その話は二度と出なかったそうだよ。結局はダグも絶対の自信があったわけじゃなかったからね。例の船員がお金を受け取ってたことと、金の首飾りをいつも身につけてたことはラサーも証言してた。ガブローンの船の連中は旅籠の常連で、その男もよく顔を見せるひとりだったそうだよ。例の金の首飾りはイー・ネールとの戦（いくさ）で手に入れたんだといって、しょっちゅう自慢話をしてた、って」

フィデルマはしばし無言で、その情報をじっくりと吟味した。

「あの人、金の首飾りのことで悩んでたんだ」ディオグがいい添えた。

「どのようないきさつでブラザー・イバーにたどり着いたのか、ダグは話していましたか？」

「話してたよ。偶然にもほどがある、ってダグは感じてたみたいだった。次の日、ガブローンがわざわざあの人のところへやってきて、こういったんだそうだ。市場にいたら修道士が近づいてきて、金の首飾りを自分に売りつけようとした。見たとたんに、それが自分のところの死んだ船員が身につけてたものだとすぐに気づいた、って」

「ずいぶんと奇妙な偶然ですね」フィデルマはそっけなくいった。

「偶然てのはままあるものだけどね」ディオグが答えた。

「ガブローンはその修道士を知っていたのですか？」

「あの修道院の修道士だってことは知ってたようだよ」

「それで、ガブローンはその首飾りを買ったのですか？」

「興味があるふりをして、あとで落ち合うことにしたんだそうだ。で、その修道士が修道院に帰ってくところを跡をつけた。執事様(ラクテレ)にその者の名前を訊ねたあと――もちろん返ってきたのはイバーって名前だった――ガブローンはダグのところへやってきて、一部始終を話した。ダグは修道院へ向かい、ファインダー修道院長様にことのしだいを説明した。で、執事様と一緒にブラザー・イバーの部屋を調べてみると、寝台の下から首飾りと、中身の入った金袋が出てきたのさ」

「それで?」フィデルマが訊ねた。

「ガブローンは首飾りを確認したあと、さらに中身の入った金袋を見て、自分が船員にやった給金の袋とよく似てる、っていったそうだ。ファインダーがファルバサッハ司教様を呼びにやって、ブラザー・イバーは正式に訴えられた」

「彼は訴えを否認したと聞いていますが?」

「そのとおりさ。殺人も、首飾りをガブローンに売ろうとしたことも認めなかったし、寝台の下に隠してあったお金のこともまったく知らないっていってたそうだ。イバーはガブローンを嘘つきって呼んでたそうだよ。だけど確かな証拠が揃いすぎてたから、結果はとうに見えてた。それでもダグは、あまりにも偶然が過ぎやしないかって気に病んでた——さっきも話に出たけど、偶然にもほどがある、ってあの人は感じてたんだ。殺されたあとの被害者の胸もとに首飾りがあったことを思いだしては悩んでる、って感じだった」

「ですが、彼はその不安をファルバサッハ司教に打ち明けたといいましたね?」

「そうだけど」

「タグはほかに手を打とうとはしなかったのですか? たとえば、その件でガブローンを追及しなかったのですか?」

「あんたはドーリィーだろうけど、ダグは一介の夜警にすぎなかった。弁護士みたいに取り調べなんてできないのさ。ファルバサッハ様にご報告したら、もうそこからはあのおかたのお仕事だ。ファルバサッハ司教様は証拠の品で充分だとお考えだった」

「ですが今話していただいたようなことは、イバーの裁判では証言されなかったのですか？」

「されなかったんだろうよ。うちのダグは裁判の前に溺れ死んじまって、疑問を差し挟むことすらできなかったんだから」

フィデルマは椅子に深く座り直し、ディオグから聞かされた話を今一度じっくりと思い返した。

「ファルバサッハ司教はここでもまた、告発者と判事という両方の立場にいます。これは正しいありかたとはいえません」

「ファルバサッハ司教様は素晴らしいおかただよ」ディオグが不満げにいった。

フィデルマは彼女をしげしげと眺めた。

「じつに興味深い発見がひとつあるのですが、ディオグ」彼女はいった。「このような田舎暮らしの女性で、しかもファールナに住んでいるわけでもないのに、あなたはファールナで起こっているできごとについてずいぶんとお詳しいうえ、名のあるかたがたともお親しいようですね」

ディオグは非難がましく鼻を鳴らした。「あたしの夫はダグで、夫からはいろんな話を聞いてたっていったじゃないか？　あの人はファールナであったできごとを、しょっちゅうあたしに話してた。あんたが訊ねた質問に答えが出たのはそのおかげじゃないのかい？」

「おっしゃるとおりです。ですがあなたは夫君から聞いた話よりも、さらに多くのことをご存じのようです。ファルバサッハ司教とファインダー修道院長があなたを訪ねてきたのも知っています」

ディオグがふいに動揺を見せた。「じゃあ……?」

フィデルマは薄く笑った。「知っていますとも。ファインダー修道院長は頻繁にあなたを訪問してきていますね、違いますか?」

「否定はしないよ」

「ではあえてお訊きしますが、ファインダー修道院長はなぜここを頻繁に訪れているのですか? 彼女はいかなる理由で、よく知らない相手だと自分でいっていた夜警団団長の未亡人であるあなたに、ブラザー・イバーの裁判の詳細について話す気になったのです?」

「決まってるじゃないか」ディオグが身構えるようにいった。「ファインダーはあたしの妹なんだから」

第十二章

ややあって、ようやくフィデルマは、予想だにしなかった返答の衝撃からわれを取り戻した。

「ファインダー修道院長が、ファールナ修道院の院長が、あなたの妹？」

ディオグはすぐさま、そうだ、と身振りで示した。

「権力のある裕福な修道院長様に、こんな貧しい親戚がいるなんて驚きかい？」棘のある口ぶりで、彼女はぴしゃりといった。

「とんでもない」フィデルマはきっぱりといった。「才能や資質というのも立派な財産ですわ。ひとつ伺いますが――ノエー前修道院長とはご血縁がおありですの？」

ディオグは戸惑っているようすだった。「なんであのかたと？」

「ご血縁でないのは確かですか？　あるいは彼の親族の誰かと血縁関係があるのでは？」

「血縁なんかないよ。なんでそんなことを訊かれるんだか、まるっきり見当もつかないね」

「単なる好奇心ですわ、それだけです」フィデルマは相手をなだめるようにいった。「ところで、あなたは先ほど、修道院長は裕福だといいましたね？」

ディオグは機嫌を直したようだった。「妹は自分の力でいい生活を手に入れたのさ」

「神の僕となることは、富を得る方法としてはけっしてよくあるものではないと思いますが」

「そうかもしれないね。だけど王都の修道院の院長になったからには、金持ちで力のある人たちとのつき合いもあるだろうし、みすぼらしいなりで外国へ出かけるわけにもいかないだろうよ。たぶんそういった不自由がないように修道院がまかなってるんだろう」

フィデルマは、この件についてはこれ以上追及しないことにした。

「なぜファインダー修道院長はあなたの夫のことを知らないふりをしたのでしょう？　いったいどういうことです？　義兄のことを嫌っていたのですか？」

「ファインダーの足場が固まるまで、その手のことは公にはしないでおこうって話になったのさ。ご存じのとおり、妹はつい三か月ほど前にローマから戻ってきて修道院長になったばかりでね。だから人目を忍んで毎日のように馬を飛ばしてあたしに会いに来るんだ。ここはあたしたちの育った家でね。幸運なことに、妹は長いことここには住んでなかったから、まわりももうほとんど憶えちゃいない。妹の地位が確固たるものになるまではそのほうがいいってことになったのさ」

「つまりファインダーは、あなたが姉であると知られると修道院長としての権威が失われるかもしれない、と恐れているということですか？」

真実を突かれてディオグは口ごもったが、やがてふてぶてしく顔をあげた。

「別によくあることだろう？　王様と一緒にお国の会議に出席するってのに、姉の夫がただの夜警だなんて知れたら権威が傷つくじゃないか」さらに、「たぶん、ファインダーはローマに長くいすぎたんだ。あたしたちのやりかたじゃなくて、あちらのやりかたを選んだってことさ」とディオグは認めた。「あっちじゃお偉い領主様がたは農民なんかと関わったりなさらないし、田舎者の家から教会のお偉い人が出たりもしないって話じゃないか。あちらの国じゃ、子どもが将来なにになるかは家の格によって決まるらしいね。まったく、ファインダーときたらすっかりそういう俗物根性に染まっちまって」

「とはいえ、あなたにすっかり背を向けてしまったというわけでもないようですね」

ディオグは冷ややかな笑みを浮かべた。「古い諺（ことわざ）にもあるじゃないか。〝骨身に沁みたものは肉体より去りがたし〟って」

「妹さんのことを聞かせてください」

「本人に訊けばいいじゃないか」

「あなたは姉です。彼女のことはあなたが一番ご存じでしょう」

　ふとディオグの表情が和らいだ。

「違いないね。あたしはファインダーの五歳上でさ。あたしが十五のときに父親がイー・ネールとの戦（いくさ）で戦死して、そのあとすぐに母親もあとを追うみたいに死んじまった。あたしは〈選択の年齢〉に達してたから、この家とわずかな土地を譲り受けた。ファインダーは〈選択の年齢〉を迎えるまではあたしと暮らしてたけど、そのあとタイモンにある修道院に入って修道女になった。それから向こうが十八になるまで一度も会うことはなかった。久々に訪ねてきたと思ったら、遠くへ旅に出るんだっていわれたよ。ほかの修道士様や修道女様に交じって、コロンバヌス(1)が建てなさった修道院のある、イタリアのボッビオ(2)に行くんだって」

「鳥はみな巣立つものですわ」フィデルマは諺を引き合いに出し、いった。

「素晴らしい文句だけど、こうもいうだろう。〝巣立つ鳥は巣に愛着なし〟」

「続けてください。あなたは、ファインダーが家や家族に対して愛着など抱いていなかった、と感じていたのですか?」

「そうやって出てって以来、つい三か月ほど前までなんの音沙汰もなかったんだ。突然うちの玄関に馬で乗りつけて、こういったのさ。こっちへ戻ってファールナの修道院長を務めることになった、って」

「彼女が十八歳のときから、それまで一度も会わなかったのですか?」

ディオグは切なげに微笑(ほほえ)んだ。「妹はボッビオで十年間過ごしたあと、そこから南にあるローマへ行ったんだ。そのローマで、たまたま巡礼の旅にいらしてたノエー前修道院長様にお目をかけてもらったのさ。ファールナに戻るよう妹を呼び寄せて、修道院長になれと勧めたのはあのかただからね」

フィデルマはわけがわからなくなった。「ノエー前修道院長が直々(じきじき)に、ラーハンに戻って彼の取り仕切っていた修道院の院長になるようファインダーに勧めたというのですか？」

「妹から聞いたとおりに話したまでだよ」

「ノエーはコルムキル派だと思っておりましたが、ファインダーはローマ・カトリック教会派のやりかたを数多く取り入れているように見えます」

「妹はローマに心酔しちまったのさ」ディオグも相槌を打った。「ローマ・カトリックの聖職者たちみたいな、厳格で傲慢なやりかたを進めてる。だけどあたしは、それは外面だけなんじゃないかって気がするんだ。妹はきっと、あたしたちの教会のやりかたと、ローマ・カトリック教会のやりかたを融合させようと熱心に取り組んでるんだよ」

「昨今の法の執行の数々もそうした決意のあらわれだというのですか？」

ディオグは沈んだ表情を浮かべただけで返事はしなかった。

「彼女はまるで、ファルバサッハ司教や王になりかわって、みずからの意志を貫こうとしているように見えます」ややあって、フィデルマがいった。「ファインダーが彼らに、この国は『懺悔規定書』を用いるべきだ、と信じこませているのです」

「妹は強い権力を手に入れたからね」ディオグも同意した。「だけどあたしは……」

「なんです？」フィデルマが促した。

「その無慈悲さがそのうち度を超すんじゃないかって気がしてさ。今じゃみなが――だからあたしもこのことでは妹をたしなめたんだけど――みながファールナ修道院を恐れはじめてる。なんでも、神に仕える修道士様がひとり処刑されたうえに、与えられる罰ってのも相当厳しいんだとか……」

「罰？」

「何週間か前に、修道士が鞭（むち）打ちの刑にされたんだそうだよ」

「鞭打ちですって？」

「嘘をついたからって、ファインダーがその修道士を上半身裸にさせて、樺（かば）の枝で打ち据えたそうだ。あたしにだって到底信じられないよ」

「鞭打ちの刑にされた修道士の名前はわかりますか？」

ディオグは答えるかわりにかぶりを振った。

「みなが修道院を恐れはじめている、といいましたね。その人たちはなんといっているのですか？」

「修道院は邪悪のはびこる場所になっちまった、って。修道院の正面の扉の外側に、ちいさな天使の彫像があるのは知ってるかい？　福者（ブレッシド）マイドークがご自身の手でおつくりになったっていわれてる像さ」

知っている、とフィデルマは答えた。

「前まであれは〈光の聖母〉って呼ばれてて、しょっちゅうあの前に供えものが置かれてた。ところが、それが今じゃ別の名前で呼ばれるようになっちまったんだ」

「なんと呼ばれているのです？」フィデルマは訊ねた。

「〈昏き聖母〉ってね」

「みながなんといっているか、妹さんに話したことは？」

「もちろんあるとも」ディオグは苦々しげにいった。「姉さんは自分のことさえしてればいいんだから、わかりもしないくせに宗教のことに口を出さないで、っていわれたよ」

「周囲に警戒心を抱かせていることに彼女は気づいていないのですか？　みずからがキリスト教に害を及ぼしていることにも？」フィデルマは詰め寄った。

「気づいてないんだろうよ。妹は外国で覚えてきたやりかた、中でもとりわけ、血も涙もない刑罰やらぎすぎすした生活やらにすっかり慣れちまって、落ち度があるのは、だらしがなくて道徳に欠ける生活を送ってるあたしたちのほうなんだって思いこんでる。どうあってもこの国を『懺悔規定書』の掟で動かすつもりなのさ」

「それで無実の者に罪を科すことになっても、ですか？」

「ブラザー・イバーが無実だとあんたは思ってるのかい？」

「夫君のダグもそう考えていたのでは？」

「ダグは疑ってた。まだ訊ねるべきことがあるんじゃないか、って」

「そして、それを裁判で投げかける前に亡くなった」

一瞬、ディオグは衝撃を受けたように双眸を大きく見ひらき、フィデルマを見た。

「なにがいいたいのさ?」彼女は声をひそめた。「ダグは……まさか、ブレホン様であるファルバサッハ司教様が……?」彼女は片手で口を押さえた。

フィデルマは即座にいった。「今この場で結論をくだそうというのではありません。私は単に、事実に基づいて意見を述べているだけです。どうやらガブローンにはいくつかの質問に答えてもらわねばならないようですね。ファルバサッハはなぜそうしなかったのでしょう?」

「ファルバサッハ司教様はファインダーのいいなりだからね」女は静かにそういった。

フィデルマはじっくりと相手を眺めた。

「ファルバサッハ司教があなたの家でファインダーと会っているのには、なにか特別な理由があるのですか?」

ディオグは皮肉っぽい笑い声をあげた。「あんたまさか、あたしの高慢ちきでお偉い妹が、こんな卑しいちっぽけなあたしなんかに会うためだけに、毎日みたいにここに来てるだなんて本気で思ってるのかい?」

フィデルマは黙っていた。だいたいの察しはついていたが、できればディオグの口から聞きたかった。

「この家が、逢い引きにはちょうどいい場所だってだけのことさ」

「あなたの夫君はそのことを知っていましたか?」

ディオグはかぶりを振った。「あたしは、永遠なる魂をかけて秘密を守る、ってファインダーに誓わされたんでね。だけどこうやって妹がひたすらわが道を進んでくのを見てると、どうやら永遠なる魂とやらが危うくなってるのはあたしのほうじゃないようだ」

「秘密にする必要などないのではありませんか。少なくとも今のところはまだ、聖職者どうしがともに暮らし、結婚することは罪ではありません。とはいえ、ローマには独身主義をよしとする一派が存在します。ファインダーはそうした人たちを恐れているのでしょうか?」

「秘密にしろといいなさったのはファインダーじゃなくてファルバサッハ司教様さ。あのかたには奥様がおありなんでね」ディオグが白状した。そこでふいに、話しすぎてしまった、と思ったようだった。「あんたは、ここへ例のサクソン人を助け出すために来たんじゃなかったのかい? ファインダーから聞いたところじゃ、あんたはあの男の無実を証明しようとしてるけど、あの男は自分の罪を認めたみたいに昨夜(ゆうべ)脱走しちまったそうじゃないか。なんでダグや、ファインダーとファルバサッハ司教様のことばかりあたしに訊くのさ?」

「修道院から逃亡したからといって、罪を犯したと認めたことになるとは思いません」フィデルマは苦々しげに答えた。「ここまで話していただいたことを鑑(かんが)みればなおさらです。彼は単に、イバーのように処刑されるのを望まなかっただけです」

「よくわからないね」

「夫君のダグも、修道院でのブラザー・エイダルフの逮捕に関わっていました」

「そうだけど、あの夜はまだメルが夜警団の団長で、ダグは彼の命令に従ってただけさ。例の、女の子が乱暴されて殺された事件のときには」

「少女が殺害され、船員が殺害され、さらにダグが溺死した……」フィデルマがしみじみといった。「いずれの場合においても、ファルバサッハに対し、しかるべき訊問をおこなわずに証言を無視するようはたらきかけがおこなわれているように見えます。これはじつに憂慮すべき問題では？」

相手がなにをいおうとしているのか、ディオグは理解できていなかった。

ふたりのやりとりの間、じっと無言で座っていたエンダがふいに目を輝かせ、割って入った。

「少女が殺害された夜、ガブローンの船は修道院の船着き場にもやわれていたといいませんでしたか？　なにか繋がりがあるのでは？」

フィデルマは苛立たしげに振り向いたものの、若き武人があまりにも意気揚々としているので、自分が完全に見落としていた事実を指摘してみせた彼を咎める気にはなれなかった。

「そのことはあとで話しましょう、エンダ」彼女はいった。そのときになって、室内がすっかり暗くなり、あかあかと輝く暖炉の燃えさしだけがぼんやりとあたりを照らすのみとなっていることに気づいた。

ディオグが立ちあがって獣脂の蠟燭に火をともし、さらに暖炉に薪を何本かくべた。パチパチという音がして、やがて炎が乾いた薪をなめ、明るい光が薄暗い翳を追いやった。

「そろそろファールナへ戻ったほうがよさそうですね」後ろ髪を引かれつつ立ちあがると、フィデルマは告げた。彼女はディオグに向き直った。「いろいろとお話しくださってほんとうに感謝しています、ディオグ。つらいことを思いださせたなら申しわけありません。けれどもときには誰かと話をして、悲しみを押し殺すのではなく吐き出してしまうほうがずっとよい場合もあるのですよ」

ディオグは顔を歪めた。「夫の話をするのは別にいやじゃないよ。いい人で、与えられた仕事を一所懸命やってた。妹と折り合いが悪かったことはあたしもかなりつらかったけどね。妹のほうもあの人を嫌ってたし。まったくあの子ときたら、神に仕えてきた歳月の間にすっかり恨みがましくなって、他人を厳しく判断するようになっちまった。ところが自分の欠点は見えてないときてる。ファルバサッハ司教様との関係はいずれ不幸な結末を呼ぶだろうよ」

フィデルマは片手をあげ、慰めるように女の肩に触れた。

「誰しも欠点がなければどれほどよいでしょう、ディオグ。残念ながら、欠点のない者などはたして私たちの中にいるでしょうか？」

ディオグはすがるような目でフィデルマを見た。「ファインダーのことは黙っててくれるかい？」

フィデルマは眉ひとつ動かさなかった。「約束はできません、ディオグ。ご存じのとおり私も、真実を追求すると誓いを立てた身なのです」

「そんなことになればファインダーはあたしを許しちゃくれないよ」

真実が公にでもなればどんな仕打ちが待っているか、と思っただけで女はすっかり追い詰められてしまったようだった。フィデルマは彼女の肩を強く握った。

「ファインダーはおのれの行動と偏見の結果をみずから背負って生きていかねばならないのです。彼女について私と話した内容を口にする必要はありません。私も、ファインダーとファルバサッハの、そして彼女とあなたの関係については、必要に迫られぬかぎり、けっして公にはしないと約束します」

「必要に迫られぬかぎり？」

「私の捜査の過程でこの事実を明るみに出す必要が生じた場合には、私はそういたします。なにも関連がなければ、これは私たちだけの秘密のままです。じつに公正なやりかたでは？」

ディオグはふんと鼻を鳴らし、同意のしるしに頷いた。「それならいいよ」

「なによりです。では日も暮れましたので、私どもはファールナへ戻ります」

フィデルマらは女の家を辞し、馬を繋いだ場所へ向かった。

暗く、肌寒い夜だった。夜空の雲はたがいを追いかけるようにみるみる位置を変え、星々と月はほとんどの間隠されていて、遠くを見わたすことはほぼ不可能だった。

「馬たちに行き先を任せるのがよろしいかと存じます」エンダが勧めた。「そうすれば、彼らは自分たちにとって安全な帰り道を慎重に選びますので」

フィデルマは暗がりの中で笑みを浮かべた。乗馬は歩きだす前からたしなんでいるので、馬の習性なら知りつくしている。彼女は手綱を緩め、ときおり優しく引いては馬を正しい方向に導きながら、馬が自分の意志で小径に沿って進んでいくに任せた。フィデルマは前を行くエンダの黒い影のあとをついていった。若き武人があらゆる危険を察知すべく、周囲に神経を研ぎ澄ませているのがわかった。


晩秋の宵はしんしんと冷えこんだ。今夜は霜がおりるだろう、と肌で感じた。冬の手前の、今年最初の霜だ。エイダルフが戸外で夜を越すのでなければよいが、と彼女は思った。考えただけで身震いがした。とはいえ周囲の森か山の中に隠れているのでなければ、彼はいったいどこにいるのだろう？　彼を匿ってくれるような人がはたしているだろうか？


修道院の独房からいったいどうやって脱走を果たしたのだろうか、という疑問は常にフィデルマの頭の中にあった。何度考えても、なんらかの外部の力が彼を手助けしたにちがいない、という結論にたどり着いてしまう。けれども誰が？　そしてなぜ？

「そちらは違います、姫様！」前方の暗闇からエンダが呼びかけた。

フィデルマは目をしばたたいた。

あまりに考えに没頭していて、馬を自由にさせすぎていた。分かれ道で、手綱の緩んだ馬は左側の小径をくだろうとしていた。フィデルマは慌てて手綱を強く引き、エンダの影があるほうへ馬を引き戻した。

「ごめんなさい、考えごとをしていました」彼女は呼びかけた。「あちらの道はどこへ続いているのか知っていますか？　まっすぐ南へ向かっているようですが」

「あの道はカム・オーリンという土地に続いています。聞いた話によれば、修道院の横を流れる川と同じ川に面しているそうですが、カム・オーリン経由で川をくだりファールナに戻るとなると遠回りなのだそうです」

「カム・オーリン？」なぜ聞きおぼえのある地名なのだろう、とフィデルマは首をかしげた。最近耳にしたはずなのだが、どこで、どういった状況で聞いたのかが思いだせなかった。

「こちらの道が一番近道なのですか？」

「そうです。うまくいけば――」

いち早く危険を察知したのはエンダだった。その直後に怒声が響き、フィデルマはびくりと身を縮ませた。三、四人の人影が道の脇にある木立の中から飛び出してきたかと思うと、彼らの馬の頭に摑みかかろうとした。フィデルマがとっさに手綱をぐいと引くと、馬は後ろ脚で立ちあがり、馬銜(はみ)が口端に喰いこむのを嫌がって前脚を蹴り出した。その蹴りあげた蹄が人影のひとつに当たり、その何者かは耳障りな苦悶の叫びをあげて後ろへ倒れた。

相手は全員男で、武器を手にしていた。棒や杖などではなく剣だということが、暗闇の中でかろうじて見わけられた。彼女はもう一度手綱を引いた。ほかに身を守る方法が思いつかた。

彼女の前方でエンダが剣を抜き放ち、襲いかかってきたもうひとりの男に刃を振りおろした。

「走ってください！　早く！」若き武人は叫んだ。

彼女が馬の脇腹を両の踵（かかと）で強く蹴って拍車をかけたそのとき、ほんの一瞬雲が割れ、白く輝く冷たい月が顔を出し、この世のものならぬまばゆい光があたりに降りそそいだ。馬の背から見おろしたとき、まるで一瞬時が止まったように思えた。

船頭のガブローンが、怒りの形相で彼女を見あげていた。

馬が駆け出し、彼女はエンダを傍（かたわ）らに、暗い小径を駆け抜けた。

一キロメートルほど走ったところで、ふたりは手綱を緩め、全速力で駆けつづけて荒い鼻息をついている馬たちをすこし休ませてやった。道がほぼ直線で、しかも平らだったことが幸いした。でなければ、暗闇で馬を目一杯走らせるなど、とてつもなく危険だったにちがいなかった。

エンダは抜いた剣を鞘に戻した。「追い剝ぎどもめ！」彼は腹立たしげに鼻を鳴らした。

「まったくこの国は追い剝ぎだらけだ！」

「そうでしょうか」フィデルマが答えた。

エンダがぴくりと顔をあげた。「どういう意味です、姫様？」

「ほんの一瞬月が雲間から覗いたときに、あの者たちの首領の顔が見えました。ガブローンでした」

「ガブローンですと？」エンダは驚きつつも、どこか納得したような口ぶりだった。「奴がなにかしら関わっているのでは、と確かわたしも申しあげたのでは？」

「ええ、そうでしたね。件の少女が殺害された夜、船着き場に彼の船が係留されていたことなど私は完全に失念していました。さらに翌日の夜には、彼の船員のひとりが殺害されているのです。あなたの指摘したとおりです。〝アグヌス・デイ（神の仔羊よ）！〟」彼女が最後に声をあげた。

エンダはびくりと身を縮めた。「どうなさいました、姫様？」

「ダグが溺死した状態で発見されたときにも、ガブローンの船がそばにありました。彼の遺体を発見したのは〈黒丸鴉号〉という船の者だった、とディオグが話していませんでしたか？〈黒丸鴉号〉はガブローンの船です」

エンダがひゅうっと長い口笛を吹いた。「先ほどの者は確かにあの男だったのですか、姫様？　かなり暗かったですが」

「ほんの一瞬でしたが、月明かりが彼の顔をはっきりと照らしていました、エンダ。あの顔は一度見たらけっして忘れません」

「ではファールナへ急ぎ戻りましょう。ひょっとすると奴らは馬を持っていて、われわれの跡をつけてくるかもしれません。奴の目当てはなんだと思われますか、姫様？」

ふたりは馬を並べ、それぞれの馬を急かして小径を急ぎはじめた。

「わかりません。よく結びつけて考えてくれましたね、エンダ。目の前にあったにもかかわらず、私にはまるで見えていませんでした。この地には大きな謎が存在します。謎は時を経るごとに膨らんでいくばかりか、あなたのいうように、そこには常にガブローンの影があるようです」

エンダはしばらく無言だった。やがて彼は口をひらいた。「白状しますと、わたしには見当もつかないのです。なぜガブローンはわれわれを襲ったのでしょう、姫様。おそらく奴は、われわれがじっさいに知る以上のことを知っていると思いこんでいるのでは？」

フィデルマも、みずからの知る事実と照らし合わせながら、ずっと同じことを考えていた。たいていの場合、事実とは連なったビーズ玉のようなものだ。間にはかならずそれぞれを繋ぐ糸が存在する。たとえ多くのビーズ玉が失われていて、ひとつひとつを並べ替える必要があったとしても、常に必然的な繋がりがあるものだ。だが今回の場合、フィデルマの目には糸が見えなかった。ここまでの間に知ることができた事実にはなにひとつ繋がりがないのだ――どのできごとにおいても、あの痩せていて小柄な川船の船頭が常に周辺にいる、という奇妙な事実を除いては。しかも彼は修道院の取り引き相手であるばかりか、フィデルマも目撃したように、どうやら修道院長の部屋への出入りも許されているらしい。さらに彼は

〈黄山亭〉にも滞在していた。あの男がすべてを繋ぐ糸なのだろうか？　だがどのように？

川沿いの小径に出て、どこか不気味で暗い、修道院の壁の外側まで戻ってくると、フィデルマは黙想から顔をあげた。

「ガブローンのことをもうすこし調べねばなりません」彼女はようやくそう声に出したが、口にしたとたんに、ごく当たり前のことをいってしまった、という気がした。

「向こうは、あなたに気づかれたことに感づいたでしょうか？」エンダが訊ねた。

「わかりません。彼の船がまだ修道院の船着き場に係留されているか確認しに行かねばならないでしょう。おそらくもうないとは思いますが。たぶん今は、私たちが襲われた場所の近くに係留されていることでしょう。とにかく見に行く価値はあります」

ふたりは船着き場を横切り、エンダがひらりと馬をおりて、みずからの馬の手綱をフィデルマに預け、川船を一隻ずつあらためた。

「奴の船は〝カーグ〟という名でしたね？」エンダが訊ねた。

「そうです、〈黒丸鴉号〉です」

エンダは修道院の船着き場に係留されている、黒々とした影のような船のそばに近づいた。甲板に人影があらわれ、話し声がした。やがてエンダがかぶりを振り振り戻ってきた。

「あれはガブローンの船ですか？」フィデルマが訊ねた。

「違います、姫様」ふたたび馬の背に乗りながら、エンダがいった。「話を聞いたところ、〈黒丸鴉号〉は夕刻前にここを出ていき、上流へ向かったそうです」

「ガブローンの船がどの船着き場から来ているのかわかりましたか？」

「先ほどの者に訊ねてみましたが、知らないそうです。ですが旅籠（はたご）のラサーなら、奴がどの船着き場から来ているのか、おそらく知っているでしょう。顔見知りのようですし」

「そうですね」

ふたりは修道院の壁をまわり、町へ馬を乗り入れるとまっすぐに〈黄山亭〉をめざした。厩番（うまやばん）の少年があらわれて彼らの馬を引き取り、フィデルマらが旅籠の暖かい食堂へ入っていくと、デゴが近づいてきた。彼はふたりの姿を見て安堵したようすだった。

「まさに今、馬を出しておふたりを探しに行こうとしていたところです」彼はいった。「日はとうに暮れておりますし、このあたりの田舎は、暗い中を馬で駆けまわるにはあまりふさわしい場所ではありませんので」

フィデルマは力づけるようにいった。

「あなたのいうとおりです、デゴ。暖炉に近いテーブルに落ち着いて、夕食はなにがあるかラサーに訊ねてみましょう。とはいえ今夜は、私はあまり食欲はないのですけれど」

ラサーが酒の載った盆を手に、奥の部屋から慌ただしく出てきた。三人の姿を認めると、別のテーブルに酒を運んでから、歓迎の笑みを浮かべてフィデルマらのほうへやってきた。

「夕食までに戻ってきなさるんだろうかと心配してましたんですよ、尼僧様。今夜はずいぶんと遅いお帰りでしたねえ。あのサクソン人を探してらしたんですか？　まだなんの知らせも聞こえてこないって話ですよ」

フィデルマは外套を脱ぎ、炎がパチパチと爆(は)ぜている大きな暖炉のそばにあるテーブルを指し示した。

「馬で出かけていました」彼女は簡潔にいった。「あのテーブルに座らせていただいて、今夜は冷えますし、食事はどんなものがあるのか伺いたいですわ」

ラサーはテーブルまでついてきて、三人が腰をおろすのを待った。

「今夜のメイン料理はロンロンギン、つまり雄牛の食道に挽肉を詰めたソーセージか、魚料理——今日は鮭ですね——か、海豹(あざらし)肉とダルスのバター炒めもできますよ」

「わたしはそのソーセージにしてみよう」エンダがいそいそとそういった。

フィデルマは不愉快そうに軽く鼻に皺(しわ)を寄せた。「私は鮭と、そのダルスをいただくことにします」このダルスという食用の赤い海藻は彼女の好物だった。

「お好みでしたら玉葱(たまねぎ)とリーキ（セイヨウニラネギ）の、鵞鳥(がちょう)の卵とチーズ添えもできますよ」ラサーがいい添えた。

「私はやはり鮭にしますが、玉葱はいただこうかしら」

デゴはエンダと同じくロンロンギンの根菜添えを選んだ。そうして半時間ほどの間、三人は黙々と食事をした。フィデルマにとっては、ひと口食べるごとにエイダルフのことが思いだされ、この凍える夜をどうやって過ごしているのだろうと考えただけでろくに喉を通らなかった。彼女は、なにか果たすべきことや目的があったほうが集中力があがる質だった。ひとりで鬱々と考えていると、ますます気が滅入ってきてしまう。彼女はデゴに向き直り、沈黙を破った。

「コバについてなにかわかりましたか?」

デゴは答える前に葡萄酒をちびりと飲んだ。「あまり。ここからさほど遠くない、カム・オーリンという場所に砦を構えています。小氏族の族長で、地方代官でもあり、ひろく尊敬を集めていて、フィーナマルによる『懺悔規定書』の導入には賛成していないそうです」

フィデルマは焦れた。それらはみな彼女自身がデゴに伝えたことだ。

「ですがフィーナマルを敵に回してまで、彼がエイダルフの逃亡に手を貸すでしょうか?」

彼女は問いかけた。

デゴは肩をすくめたが、なにもいわなかった。

「明日、その族長に会いに行きます」フィデルマは決意を告げた。

ラサーが食後の皿を片づけにふたたびあらわれたので、フィデルマはこの機会にと、ガブローンについて彼女に訊ねた。

「ガブローン? なんであんな男のことなんか訊くんです?」女が怪訝そうに彼女を見た。

「川船での交易に興味が湧いただけですわ」

「彼なら、二、三日町を離れるっていってましたよ」

「町を離れる？」フィデルマはそれとなくいった。「自分の船着き場のある場所へ戻ったということですか？　彼はどこから来ているのです——上流のどこかですか？」

「ほんのすぐそこの——カム・オーリンってとこです。カム・オーリンより向こう側には、船じゃ行けませんからね」

第十三章

エイダルフはよく眠れなかった。夜明け前の鳥たちのさえずりを耳にして、とうとう彼は眠るのを諦め、寝台の傍らに置かれた冷水のボウルに勢いよく顔をつけた。濡れた顔を拭うと新たな強い決意がみなぎってきた。あの老人、コバに砦へ連れてこられたあと、彼はまる一日ひとりきりで放置されたままだった。そこらを自由に歩きまわることは許されていたが、それは壁の内側に限られたことで、そばには常に番兵がおり、なにを訊ねても返事はそっけなく、会話を掘りさげようとすると丁重に断られた。コバに会いたいのだが、と頼んでも、族長とは会えないと突っぱねられた。確かに充分な食事は与えてもらっていたが、いったいなにが起こっているのか、誰ひとりとして説明しようとしないことに彼は苛立っていた。とにかく情報が欲しかった。

なぜコバは私に〈聖域権〉を与えたのだろう？　私の居場所をフィデルマは知っているのだろうか、そして法律上では私の立場はいったいどうなっているのか？　このマイン・ジアナなるものについて耳にしたことはあったが、隅々まで理解しているとまではいえなかった。それでも〈聖域権〉が昔からのならわしであることは知らずともわかった。コバはいっていた。自分は彼に対して与えられた懲罰に反対しているにすぎない、なぜならそれは〈フェナハスの法〉に反するものだからだ、と。だがみずからの王や、王国において強い権力を持つ者たちにわざわざ歯向かってまで、異国人を死の独房から救い出すなどというまったくもって反抗的な行為に走るだろうか？　族長の意図を測りかね、エイダルフは内心穏やかではなかった。

彼の思考に応えるように、部屋の外で物音がしたと思うと扉がひらいた。エイダルフは寝台の上に手拭いをほうった。あまり見覚えのない、小柄で痩せぎすの、細面の男が目の前にいた。

「こっちの言葉がわかると聞いてるが」男は唐突にいった。

「ええわかります」エイダルフは認めた。

「ありがたい」男は簡潔を旨としているとみえた。「行っていいぞ」

聞き間違いではないかと思い、エイダルフは眉をひそめた。「今なんと？」

「好きにこの砦を出てっていいといったんだ。この下の川辺で、キャシェルから来た修道女様があんたを待ってる」

エイダルフの心臓が早鐘を打ち、表情がぱっと明るくなった。「フィデルマ？　シスター・フィデルマが？」

「確かそんな名だった」

安堵と喜びの思いが彼の胸に湧きあがった。「では彼女は私の罪を晴らしてくれたのですか？　彼女の訴えが通ったのですね？」

細面の男は無表情だった。瞳は黒く、深く落ちくぼんでいた。

「伝えろといわれたことは全部話した。それ以上は知らん」

「では、わが友人よ、ありがたくそうさせてもらいます。ですがあのご年配の族長殿はどうしておられます？　ご親切にもここへ連れてきていただいた感謝をいかにお伝えすればよろしいでしょう？」

「族長殿は留守だ。彼に礼をいう必要はない。急いで静かに行くがいい。友人殿がお待ちだ」

男の口調にはまるで感情がこもっていなかった。彼はよけるように壁ぎわに立ち、エイダルフが差し出した片手を取ろうとすらしなかった。

エイダルフは肩をすくめ、室内をさっと見わたした。持っていくものはなにもなかった。荷物はすべて修道院に置いてきてしまったからだ。

「ではあなたの族長殿にお伝えください、多大なる恩義を受けましたから、いずれかならずご恩に報いさせていただきます、と」

「そんなことはどうでもいい」小ずるい狐のような顔をした男はいった。

エイダルフは部屋をあとにし、男は外までついてきた。ひんやりとした秋の夜明けの冷たく白い光に包まれた砦は寂寥（せきりょう）として見えた。地面の霜はまだ解けきっておらず、革のサンダルがつるつると滑った。吐く息が煙のように真っ白で、じんわりと寒さが身に沁みた。

「マントをお借りできませんかね?」彼は明るく訊ねた。「この寒さだというのに、私の外套は修道院で没収されてしまいまして」

連れの男は苛立っているようすだった。

「そういうものはあんたの連れが持ってる。さっさとしろ。向こうは待ちくたびれてるぞ」

ふたりは砦の門まで来ていた。男がもうひとりそこにいた。見張りらしきその男が木製の閂(かんぬき)を外し、戸をひらいた。

「ここに〈聖域〉を提供していただいたことに対して、どなたかにお礼を申しあげることはできないのですか?」エイダルフには、このような形で砦をあとにするのはどうにも無作法に思えてしかたがなかった。

辛辣(しんらつ)な返事が戻ってくると思いきや、彼を連れてきた男は、ふいに痩せこけた顔にちらりと奇妙な笑みを浮かべた。

「じきに感謝の文句を口にすることになるだろうよ、サクソン人」

門扉が勢いよくひらいた。

「ご友人が川辺でお待ちだ」男は繰り返した。「さあ、行っていいぞ」

無愛想な男だ、とは思ったものの、それでもエイダルフは彼に感謝の笑みを向け、急ぎ足で門を出た。砦はちいさな丘の上に建っており、そこから見おろした目の前には、曲がりくねったくだり坂が雑木林まで続いていて、さらにその向こう側の数百メートル先のあたりには灰色の川筋が覗いていた。

彼は立ち止まり、門のところにいる男をちらりと振り向いた。

「まっすぐで合っていますか？　あそこでシスター・フィデルマが待っているのですか？」

「川辺だ」男が繰り返した。

エイダルフは向き直り、霜に覆われた道をくだっていった。足もとは滑るが、道の真ん中は馬に踏みしだかれてぬかるみになっている。しかたなく彼は道の端を歩いたが、急勾配のせいでいやでも早足にならざるを得なかった。やがてすぐに避けられない事態が起こった。ふいに足もとが滑って転んでしまったのだ。

だが、そのおかげで命拾いをした。

両足が浮いて尻餅をついたまさにそのとき、二本の矢が彼をかすめていき、そのうちの一本がドスッと鈍い音をたてて近くの木の幹に刺さったのだ。

エイダルフはほんの一瞬、呆然と矢を見つめた。そしてすぐさま横へ転がり、後方を見やった。

彼に砦を出るよう告げた細面の男が、弓に次の矢をつがえようとしていた。さらに先ほどのもうひとりが姿をあらわした。この男は紛れもなく弓矢を生業（なりわい）とする者にちがいなかった。彼はすでに二本めの矢を放っていたからだ。エイダルフはもう一度、今度は道端へ向かって転がっていき、ぶざまに慌てて立ちあがると、低木の茂みの中に大急ぎで飛びこんだ。木製の矢軸が風を切る音が耳をかすめた。

彼は走った。命がけで走った。自分がどうやって走っているのかも、なぜ走っているのかも考えすらしなかった。なにが起こったのか確かめようとすら思わなかった。動物的な勘による自己防衛本能が、頭の中のすべてを上回っていた。森の中をひたすらに駆け抜けながら、彼は頭の端のどこかで、なんとか身を隠せているのは周囲の木々がほぼ常緑樹であるおかげだ、と感謝の祈りを捧げていた。だが霜は味方をしてくれなかった。小径(こみち)をそれていることはわかっていたので、早く太陽が昇って霜が解けてくれないものかと祈った。それが駄目ならば、ともかく霜のおりていない地面を探すよりほかない。

当然ながら足は川へ向かっていた。近くに水の流れている場所のほうが暖かい場合もある。はたしてフィデルマがそこで私を待っているのだろうか？

彼は乾いた笑い声をあげた。いるわけがない。私を殺そうという単なる策略だったのだ。だがなぜ？　そのときふいに、法律上はあの男たちに分があることに彼は気づいた。マイン・ジアナの決定とはいかなるものだった？　〈聖域権〉を与えた者の土地の境界内にとどまっていたからこそ、彼はその権利に甘んじていられたのだ。〈聖域〉の主(あるじ)は逃亡者の脱走を許すわけにはいかない。その者が犯した最初の罪に対しても責任を負う身となるからだ。

雑木林を駆け抜けながら、エイダルフは苦悶の呻きをあげた。まんまと計略にはまってしまった。命じられて砦を出たものの、もはや〈聖域権〉の掟を破った脱走者として矢を向けられても文句はいえなくなってしまった。合法的にこちらを殺す機会をみすみすあの連中に与えてしまったが、そもそも彼らはいったい何者だ？　コバ自身が私を殺そうと企んだのだろうか？　もしそうだとするなら、なぜわざわざ私を救い出したというのか？　支離滅裂ではないか。

川岸まで来ると、当てにしていたとおり、水辺ゆえに空気がいくらか暖かく、霜も解けかかっていた。ほの白い太陽が昇りつつあるので、じきにすっかり消えてしまうだろう。彼は立ち止まって耳を澄ました。追っ手らしき物音がした。彼は川沿いを急ぎながら、あたりを見まわして隠れられそうな場所を探した。背後の木々の間から追っ手がいつあらわれてもおかしくない。これ以上土手にはいられなかった。

行く手にセイヨウネズのちいさな木立があり、さらにヒイラギが密生している場所があった。艶のある分厚い葉がびっしりと生え、全体は細い円錐形をしていて、何本かには雌株であることを示す赤い実がついている。ヒイラギの下葉の鋭い棘は、草食動物から身を守るべく自然が生み出した意匠だけあって、さぞ痛かろうとはエイダルフも重々承知していたが、ほかに身を隠す術が見当たらなかった。

彼を追ってきたふたりの男が怒鳴り合っている声が聞こえた。かなり近くにいるようだ。

エイダルフは川岸を離れ、セイヨウネズの木立に転がりこむと、這うように進んでいき、じつに居心地の悪そうなヒイラギの茂みの下へ潜りこんだ。そのままうつ伏せになり、冷たくて硬い地面に伏せる。先ほどまで激しく動いていたせいで心臓は早鐘を打っていた。その場所からは川岸がすこしだけ見わたせたうえ、そこで立ち止まっている追っ手の男たちの姿もよく見えた。

「小賢しいサクソン人め！」細面の男が吐き捨てる声がした。

連れの男が周囲を見まわした。不機嫌そうな声でいう。「どっちかへ行ったんじゃねえか、ガブローンよ。上流か、下流か。あんたが考えてくれ」

「くたばっちまえ！」

「答えになってねえぞ。そもそも、なんでわざわざ奴が砦を出てから矢を射かけにゃならなかったんだ。なんで寝こみを殺（や）っちまわなかった？」

「それはな、わがよき友ダウよ」皮肉たっぷりの口調で男は説明した。「奴が〈聖域〉から脱走したように見せかけにゃならなかったからだ、そういう理由だ！　しかも、まわりが起き出す前にこっそり奴をコバの砦から連れ出す必要があった。口封じのために夜警を始末した件も奴の仕業ってことにしてやりゃいい。奴の罪状にもうひとつ殺人が加わるってわけだ。ともかく、おまえは上流を探せ、俺は下流を調べる。船が下流にもやってある。昼前までに上流へ持ってこなけりゃならん。まったく気に入らねえ。生きてるかぎり、あのサクソン野郎はすべてをぶち壊す脅威だ。修道院でさっさと絞首刑にされちまえばよかったものを」

細面の男は連れを残し、エイダルフの痕跡がないかと地面に目を凝らしながら、足早に川岸を歩いていった。連れの男はしばらく立ち止まったまま周囲の長閑な風景を見まわしてから、ゆっくりと反対方向に歩きだした。男がふと足を止めた。エイダルフはおそるおそる身体の位置を変えた。土手を離れてセイヨウネズの木立に飛びこんだことが足跡でばれてしまったのだろうか？

なにか身を守る術はないか、と彼は必死にあたりを見まわした。すると手の届くところに、そこらの木から折り取られたとみえるサンザシの杖が落ちていた。エイダルフはおずおずと手を伸ばし、それを指先で引き寄せた。そして握りしめると、ヒイラギの尖った葉に身体を引っかけないよう、そっと立ちあがった。

ダウと呼ばれていた武人は、矢をつがえた弓を今も片方の拳に握りしめたまま、エイダルフの痕跡を探すように周囲を見まわしていた。

もう迷っている余地はないのだと、その瞬間エイダルフはふいに悟った。このままでは殺される。理由はわからないが、このさいそれはどうでもよかった。とにかく自分の命を守らねばならなかった。エイダルフは、かつて青年の頃に、故国のサクソン南部で狩りをしたさいに父親から教わった技を懸命に思いだしながら、用心深く移動した。絡み合った枝をよけながら、彼はすこしずつゆっくりとヒイラギの木の反対側へ行き、セイヨウネズの木立を抜けて、敵の背後に忍び寄った。一歩進むたびに、相手に足音を聞かれているような気がしてならなかった。

目の前の射手は、諦めきれぬようすで木立や低木の茂みにまだ目を凝らしていた。エイダルフはじりじりと近づき、両手で握りしめた杖を振りあげた。一撃で充分だった。かすかな呻き声を残し、男はどうと倒れた。エイダルフはしばしサンザシの杖を握りしめ、ぐったりと動かない相手を見おろして立ったまま、いつでももう一撃を加えられるよう身構えた。だが男はそれ以上動かなかった。

「わが罪を許したまえ」彼は気を失った男の傍らに片膝をつくと呟いた。男が履いていた革製のブーツを脱がせて川へ投げこむと、すぐさま弓と、矢も矢筒ごとそのあとを追わせた。野狩猟用ナイフは自分のベルトに収めた。ふと思い立ち、羊皮のマントも男から脱がせた。野外を行かねばならないとすればかならず必要になる。これで、この射手が意識を回復したとしても、ブーツもない、暖かいマントもない、武器もないとくれば、少なくともしばらくは追跡を諦めるはずだった。エイダルフはちらりと空を見やり、『ヨハネの第一の書』の文句を頭に思い浮かべた。〝もし己の罪を言ひあらはさば、神は真実(まこと)にして正しければ〟(第一章九節)願わくはわがおこないを神なる力が理解されんことを、と彼は願った。

やがて彼は立ちあがり、重いマントを肩にまとうと、山々へ続くのぼり坂に向かって歩きだした。めざす当てがあるわけではなかった。最終的な目的地を定めて動きはじめるまでは、カム・オーリンの砦にはできるだけ近づかぬようにすべきだろう。私を殺してしまおうという、このわけのわからぬ目論見に、当然フィデルマが関わっているはずはない。今、彼女を探しに行こうとするのはおそらく時間の無駄だろう。東をめざして沿岸へ向かい、サクソン西部か、あるいはほかのサクソン王国のいずれかに渡る船を探すのが得策だろうか？　ともかく、考える時間だけは充分にある。なにをどう決めるにせよ、まずは雨風をしのげる場所と食料を調達する必要があった。

ノックの音にフィデルマは顔をあげた。旅籠（はたご）の女将（おかみ）のラサーだった。疲れた、不安げな顔をしている。

「またブレホンのファルバサッハ司教様がおいでになってます。お話があるそうで」

フィデルマがちょうど身支度をすませ、朝食をとりに食堂へおりていこうとしていたときのことだった。

「わかりました。すぐにまいります」彼女は女将にいった。

階下の暖炉のそばでラサーのもてなしを受けていたのはラーハンのブレホンであるファルバサッハ司教だけでなく、ともにいたのは、カム・オーリンのボー・アーラであるコバという年配の白髪の男だった。朝も早くから彼が旅籠に姿をあらわしたのを目にしたフィデルマは、驚きを懸命に隠そうとした。さらに三人めの男が暖炉の前に座っていることにすぐさま気づいた。厳格な表情を浮かべ、やつれた顔つきに目立つ鼻をした年配の男だった。豪奢な聖職者の法衣に身を包み、凝ったつくりの黄金の十字架を首から鎖でさげている。彼は無言のままよそよそしくフィデルマを迎えた。

「ノエー前修道院長殿ではありませんか」フィデルマは彼のほうに首をかしげた。「あなたとはファールナへの滞在中にお目にかかれるだろうか、とつい昨夜考えておりましたところですわ」

「残念なことに、必要にかられてのことだ、フィデルマ」

「むろん承知しております」彼女はそっけなく答えると、ファルバサッハに向き直った。「もう一度私の部屋を捜索なさってブラザー・エイダルフをお探しになります？ 彼はいません、とはっきり申しあげておきますけれど」

ファルバサッハ司教はばつが悪そうに咳払いをした。

「あなたに謝罪しにまいったのだ、シスター・フィデルマ」

「謝罪ですって？」信じがたい、という声だった。

「昨日は早合点してしまい申しわけなかった。例のサクソン人の逃亡にあなたは関わっていなかったことが判明した」

「まあ、そうですの？」ここは笑うべきところか、それとも不安になるべきところか、フィデルマは決めかねた。

「恐れながら、彼の逃亡を手引きしたのは儂なのだ、シスター・フィデルマ」

ゆっくりと、悔やむような口調でいったコバに、フィデルマはくるりと視線を向けた。

「なぜあなたがブラザー・エイダルフに手を貸したりなどしたのです？」彼女は驚いて、彼に詰め寄った。

「儂はみずからのおこないを打ち明けるため、カム・オーリンから今朝やってきたところなのだ。そこでノエー前修道院長殿が修道院に戻られ、ファルバサッハ司教殿と協議中であることを知った。われわれは話し合いの場を持ち、ファルバサッハがあんたに謝罪するというので、その力添えとしてついてきたというわけだ」

フィデルマは困り果てたとばかりに両手をあげた。「よくわかりません」

「悲しいかな、ことはじつに単純なのだ。『懺悔規定書』の定める刑罰の執行に対し、儂がいかなる立場を取っているのかはすでにご存じであろう。われわれの法体系の根本原理に反するかような刑罰がまたしてもおこなわれようとするのを、儂は黙って見ていられなかった」

「あなたのご懸念には私も同感です」フィデルマは認めた。「ですが、だからといってなぜ、法を逸脱してまでエイダルフの逃亡を手助けなさったのです？」

「罰は甘んじて受けよう」

ファルバサッハ司教が不快げに男を見た。「このたびの行為については、コバ、あなたには〈賠償〉の支払いが生じるうえ、さらにあなたの〈名誉の代価〉は失われることとなる。

もはやあなたは、この王国内において地方代官としての力を振るうことはできぬ」

コバがエイダルフを匿ったというのは真実なのか、フィデルマはとにかくそれが知りたかった。

「それでブラザー・エイダルフはどうなったのです？」

コバは不安げにノエー前修道院長を見やった。

「シスター・フィデルマにはすべてを話してさしあげるがよかろう」前修道院長はそっけなく勧めた。

「では話すが、儂は刑罰には反対だったゆえ、かのサクソン人に〈聖域権〉を提供する決意をした――すなわちわが砦におけるマイン・ジアナだ……」

「そもそも〈聖域権〉は獄中からの脱走者には適用されぬのだ」ファルバサッハが低い声でいった。

「いったんわが砦に足を踏み入れたならば、〈聖域権〉は有効であるはずだ」コバがぴしゃりといい返した。

フィデルマはこれまでの議論を振り返った。

「確かにそのとおりです。けれども通常、〈聖域〉を求める者はマイン・ジアナとなる領域をみずからの手で見つけたのちに〈聖域権〉を要求するものです。とはいえ、〈聖域〉を提供する心づもりのある長が定めた境界内にいったん足を踏み入れれば、〈聖域権〉の法規は有効となります。ということはつまり、ブラザー・エイダルフはあなたの砦に匿われ、〈聖域権〉を与えられていると解釈してよろしいのですね?」

どうやらエイダルフは無事で、コバの砦に匿われており、あとはボラーンの到着までそこに滞在していればよいようだ。フィデルマは安心しきっていた。だがコバがひどく暗い表情を浮かべているのを目にして、しだいに不安が頭をもたげてきた。

「かのサクソン人には〈聖域権〉を与える条件を知らせてあった。彼は理解していたものとばかり思っていた」

「その条件とは、砦の外にはけっして出ず、それ以上の逃亡を図ろうとしない、というものだ」ファルバサッハ司教があえてわけ知り顔に口を挟んだ。いかなる制限が課せられているかくらい、フィデルマは充分に承知していたからだ。「逃亡を図った場合には、〈聖域〉の主には、それを阻止するために彼を討伐する権利がある」

フィデルマの全身に冷たいものが走った。「なにをおっしゃっておいでです?」

「今朝早く目を覚ましたところ、かのサクソン人が部屋にいないことに気づいた」コバが静かな声で告げた。「砦の門の門が外されており、彼の姿はなかった。砦の者がひとり、門の近くで発見された。死んでいた。背後から殴られていた。カム・オーリンの砦が襲撃を受けたことはこれまで一度もなく、夜間は門衛をふたりしか置いていないのだ。もうひとりの門衛であるダウは、しばらく経ってから、川辺で気絶しているのが見つかった。マントとブーツと武器を盗まれていた。気がついたとき、彼は砦の者たちに、例のサクソン人をもう一度捕らえようと追いかけていたところだった、と話していたそうだ。土手にいたところを背後から殴られた、と。かのサクソン人が野山に逃げこもうとしたことは明らかだ」

ファルバサッハ司教は苛立たしげに頷いていた。すでにコバから話を聞いていたのだ。

「かのサクソン人の道徳を信じ、〈聖域権〉に唯々諾々と従うだろうなどと思っていたとは、コバも愚かなことをしたものよ。奴は海をめざして東へ向かい、サクソンの国へ渡る船を探すつもりだろう」

ふいに彼は、ふたたび気まずそうな顔でフィデルマに向き直った。

「ともかく、かの者の最初の逃亡にあなたが関わっているなどと勘違いしたことをお詫び申しあげたかったのだ。私があなたに対しておこなったすべての無礼に対して謝罪したということを、どうか兄君であるキャシェルの王に明らかにしておいていただきたい。とはいえ、かのサクソン人はみずからおのれの首に引き輪をかけたのだということは申しあげておく」

フィデルマはみずからの思いに没頭しており、聞き取れたのは彼の言葉の最後の部分だけだった。

「今なんと?」

「カム・オーリンから逃亡したということは、かの者はみずから罪を認めたということだ、と申しあげているのだ」

「彼が修道院から逃亡したときにもまったく同じことをおっしゃいましたね。ですがそうではありませんでした。今回もそうではないのかもしれません」

「罪を犯していないのならば、なぜカム・オーリンという〈聖域〉から逃亡したというのだね？　そこにとどまりつづけることもできたはずだ」

「彼がそこにいられたのは〈聖域権〉が付与された期間のみです。いつまでもいてよいわけではありません」彼女はみずからの知識を覗かせ、相手を正した。

「だが奴が逃亡したという事実は変わらぬ。もはや奴は追われ、早々に命を奪われても文句はいえぬ立場だ。誰に殺されようと、それは法律に基づいた行為となる」

　そのときメルが食堂に入ってきた。彼は詫びをいって出ていこうとしたが、ファルバサッハ司教が苛立たしげに、ここにいろと手ぶりで示した。

「おまえには用がある、メル。王よりの命だ」

　その間フィデルマは、ファルバサッハのいうとおりであることを身に沁みて感じながら、力なく椅子に沈みこんでいた。殺人で有罪判決を受けた者がマイン・ジアナの掟を破って〈聖域〉から逃亡した場合には、すでに死んだ者としての扱いを受けてもしかたがないのだ。きりきりと激しい胸の痛みに、われ知らず歯をぐっと喰いしばっていた。

　ファルバサッハ司教は扉へ向かおうとした。「王の親衛隊の者たちを待機させねばならぬ。来い、メル」

「お待ちください！」

フィデルマの呼びかけに、ブレホンが振り向いた。

「せっかくあなたがここにおいでなので申しあげますが、ガブローンについて訴えたいことがございます。私は昨夜、あの者とその仲間たちにより襲撃を受けました」

「川船の船頭が？」ファルバサッハ司教は当惑顔だった。「それがわれわれの話となんの関係があるのだね？」

「まったく関係はないのかもしれませんし、大いに関係があるのかもしれません」

「ガブローンは儂が族長を務めるカム・オーリンの者だ」コバが割って入った。「彼がどうかしたかね？」

「昨夜、私と私の供のひとりがファールナに戻る道中のことです。ガブローン以下数名の男たちが私どもを襲撃してきました。剣を手にしていました」

室内がしんと静まり返った。

「ガブローンだと？」コバの声は虚ろだった。「襲ってきた相手がガブローンだとなぜわかったのだね？　昨夜(ゆうべ)は闇夜だったではないか」

フィデルマは目をすがめ、くるりと彼に向き直った。

「どれほど暗い夜であっても、空には月が昇っていますし、分厚い雲ですらときおり晴れることもありますのよ」

「だがなぜ彼があんたを？」

「むしろこちらがお訊きしたいくらいですわ。あなたは彼の私生活や、彼が誰に従い、どれほどの立場にいる者なのかを、さらにご存じなのではないのですか？」

コバは、取り立ててはなにも、と身振りで示した。

「あの男は村の外に住んでおる。詳しくいえば、川を渡った、渓谷の東側だ。自分の商売相手以外には、とりわけ誰かに仕えているということはないようだ。儂の知るかぎり、ひとりで暮らしておる。女房はいない」

ファルバサッハ司教はじっとその会話を聞いていたが、おもざしに浮かぶ表情は訝しげだった。

「その話は確かなのかね、修道女殿？」ノエー前修道院長が会話に入ってきて、強い口調で訊ねた。「ガブローンは、この地の修道院の取り引き相手として長いつき合いのある者で、最も信用の置ける男だ」

「私どもを襲撃したのは間違いなくガブローンでした」フィデルマはきっぱりといった。

「その襲撃はどこで起こったのだね？」ファルバサッハ司教が訊ねた。

フィデルマは用心深く彼を見やると、その視線を受け止めた。

「私どもは、あなたもおそらくよくご存じの場所から戻る途中でした。ラヒーンという村落にある家からの帰り道のことです。カム・オーリンのすぐ上手の道で襲撃を受けました。私と供の者であるエンダは命からがら逃げおおせたのです」

ラヒーンという地名を口にしたときのファルバサッハの反応は、フィデルマの期待を裏切らないものだった。ブレホンの顔は青ざめ、ふたたび話しはじめるまでにしばらくかかった。

「ファールナ周辺の街道には、不用心な旅人を狙う追い剝ぎがしばしば出るのだ」彼はうわずった声で述べた。

「ガブローンでした」フィデルマは繰り返した。

コバは考えこむように顎をさすっていた。

「ガブローンは船で充分に稼いでいると思っていたのだが。しじゅう商品を運んでは川を行き来し、南ははるばるロッホ・ガーマンまでくだっては、ブリテンやゴールに向かう外洋船に積み荷を納めている」

「どのような積み荷を?」フィデルマはもの珍しげに訊ねた。

「それがなんの関係があるというのだね?」ファルバサッハ司教が苛立たしげに応じた。

「ここにこうして集まっているのは、ガブローンと彼の商売について話すためかね、それとも例のサクソン人の逃亡について話すためかね?」

「とりあえず今は、なぜガブローンが私を襲ったのかを知りとうございます」

ブレホンはその態度とは裏腹に、不安げな表情を浮かべていた。ドーリィーであるばかりか王妹でもある相手を襲撃したことによりもたらされる結果がいかに深刻な意味合いを持つことになるか、彼とて承知していた。先だってのおのれの振る舞いについてフィデルマに直に謝罪しにやってきたのには、当然そうした理由があってのことだった。

「あなたは襲撃を受けたとして、ガブローンを告発するおつもりかね、シスター・フィデルマ？」彼は詰め寄った。

「はい」

「では彼を拘束し、この告発に対して申しひらきをおこなわせるとしよう。聞こえたかね、メル？」

親衛隊隊長は噛みしめるようにゆっくりと頷いた。

「ではここを出たのち、われわれふたりでガブローンの捜索に向かうこととする」ファルバサッハが告げた。「かのサクソン人に関する訊問も同時におこなうこととする。サクソン人の逃亡者の捜索が最重要事項だ。その点においては、〝キャシェルのフィデルマ〟、奴がこの王国の法の網をかいくぐろうとするのを、もしあなたが手助けするようなことがあれば、あなた自身も危険な立場に置かれるのだということは警告しておく」

フィデルマの瞳が一瞬ぎらりと光った。

「私は法律を熟知しております、ファルバサッハ！　私はブラザー・エイダルフの逃亡に手を貸してなどおりませんし、私が〈聖域権〉を与えたわけでもありません。私は当面、この件を巡る謎を調査しつづけるつもりです……その謎が、私をラヒーンへ導いたのです」

彼女の口調に棘が含まれており、ファルバサッハ司教が青ざめた顔をしていることに、コバはまったく気づいていなかった。

「あのサクソン人に信頼を裏切られ、逃亡を許してしまったことは悔やまれてならない」彼はいった。「だが、『懺悔規定書』のもとでおこなわれようとした彼の死刑を阻むべく動いたことになんら後悔はない。彼は、昔からあるわが国の法律において裁かれるべきだ」

平静を取り戻したファルバサッハ司教が、ボー・アーラを睨み据えた。

「貴殿は、ラーハン王の議会においては少数派なのだ、コバよ。王と私がファインダー修道院長殿に請われ、刑は妥当であると決定したさいに、貴殿はみずからの意見を述べていたではないか。あのときに話は済んだはずだ」

「済んでなどおらぬ」コバが勢いこんで答えた。「この件は、次回の〈タラの大祭典〉において、アイルランド五王国の法律を協議する場で議題として取りあげられるまで持ち越されてしかるべきだ。これまであらゆる重要な法律が、法として制定される前に議題としてあげられ議論されてきたが、それと同様に、この件に関する決定も、王や法学者、五王国全土の信徒たちに委ねられるべきなのだ」

ノエー前修道院長が静かな声で割って入った。「キリストに仕えしわが兄弟よ、気を静めよ。議論に時間を費やしても誰の得にもならぬ。双方ともなすべき仕事があろう？　たとえそなたらが暇であったとて、私はそうではないのだ」

ファルバサッハ司教は一瞬だけ不愉快そうな表情を浮かべると、そそくさと暇を告げ、忙しなく旅籠を出ていった。そのあとを追いかけた武人のメルが、出ていくときに申しわけなさそうにフィデルマをちらりと見やった。

コバが悲しげな表情でフィデルマを見た。

「儂は正しいと思ってやったのだ、シスター・フィデルマ」その声は沈んでいた。

「ブラザー・エイダルフはマイン・ジアナの制約を確かに理解していたのですか？」彼女は訊ねた。「アイルランドで長く過ごしているとはいえ、外国人であることには変わりなく、私どもの流儀をよく理解できないこともあるでしょう」

コバは同情するようにかぶりを振った。

「それは彼の起こした行動の説明としては通らぬ、尼僧殿」彼は答えた。「彼には、昨日ともにわが砦に到着したさい、万が一砦を出ようなどとすればいかなる結果がもたらされるかを、丁寧に説明してあった。儂は慎重に手順に従い、昨夜修道院に伝令を送り、儂の計画について修道院長殿にもお知らせした」

「エイダルフをそなたの砦に連れていくことを、修道院長殿も昨夜すでに承知していたというのかね？」ノエー前修道院長が口を挟んだ。

「申しあげたとおりだ」コバが繰り返した。「儂は法の手順に慎重に従ったまでだ。かのサクソン人は間違いなく理解していた。せめてそれがあんたにとって励ましになるとよいのだが、尼僧殿」

ノエー前修道院長が呟いた。「〝イグノーランティア・レーギス・ネーミネム・エクスクーサト（法律の不知は何人をも免責しない）〟」

コバは聖職者をちらりと見やった。「だが、外国人であるがために法律を知らなかったとすれば、むろんそれは免責の対象となるのではないかね？」

「そのような行動を取るなど、エイダルフらしくありません」フィデルマがほぼひとりごとのように、ぽつりといった。

ノエー前修道院長は険しい表情だった。

「あなたにいわせれば、修道女殿、年端のいかぬ修道女見習いを強姦し殺害するなどというのも、さぞかのサクソン人らしくないというのだろう。あるいは自分で思っていたほど、かのサクソン人のことを知らなかったのではないかね？」

フィデルマは顔をあげ、仇敵の視線を受け止めた。

「それが真実なのかもしれません」彼女は認めた。「ですが私の信じているように、それが真実でないならば、つまりこの地では奇妙ななにかが起こっているということです。私はこの事件のすべての局面をかならず解明してみせます」

前修道院長は空虚な笑みを浮かべた。

「そもそも人生とは奇妙なものなのだ、修道女殿。われわれは魂を試されるべく、人生という神の大釜にほうりこまれているのだよ。〝イグニス・アウルム・プロバト・ミセリア・フォルテース・ウィロース〟」

「〝火は黄金を試し、苦難が勇者を試す〟（『神慮について』より）」フィデルマが静かな声で繰り返した。

「セネカの言葉は金言ですわね」

ノエー前修道院長は唐突に席を立つと、フィデルマの前に立ちはだかった。彼は喰い入るように彼女をじっと見おろした。

「かつてわれわれの間には衝突があった、〝キャシェルのフィデルマ〟」彼は穏やかな声でいった。

「ええ、そのとおりです」彼女も同意した。

「ご友人のサクソン人が罪を犯したか否かはひとまず置き、これだけは知っておいていただきたいのだが、私はこの王国の教会を気にかけており、いかなる形にせよそれが傷つけられるのを見たくないのだ。ファインダー修道院長殿はときに、『懺悔規定書』の宗規を守らんと躍起になるあまりに熱くなりすぎることがある。熱狂的とすらいえるだろう。遠い血縁の者ではあるが、あえて申しておく」

「ファインダー修道院長はあなたの血縁なのですか？」

「そうとも、だからこそ私はかの者を修道院を司る地位につけたのだ。とにかくものごとを単純に善か悪かでとらえ、白か黒かをはっきりつけたがる質（たち）で、灰色などという微妙な色合いは彼女にとって存在しない。人生とはかように両極端に分けられるものばかりではないということを、そなたも私も知っておるではないか」

フィデルマは彼に向かって眉根を寄せた。

「私自身、おっしゃっていることを正しく理解できているかどうかわかりません、前修道院長殿。ですが、私の記憶が確かならば、あなたはローマ・カトリック教会派の宗規にはけっして賛同なさっていなかったのではありませんでしたか」

ほっそりとした顔つきの前修道院長はふとため息をつき、首を傾けた。

「人間とは、議論によって変節することもあるのだ」彼は認めた。「私は議論なるものを長年にわたり見つづけてきた。ウィトビアでの論争はとりわけ慎重に見守った。キリストが天国の鍵をペテロに授与してわが教会を建てよと命じ、そこでペテロが、いずれみずからが殉教者となるローマの地に教会を建てたと私は信じておる。もはやいいわけをするつもりはない。つまり人というものは、目的のためならば異なる道を選ぶこともあるのだ。命じられたからではなく、議論によって変節することもある。私は議論を熟考するうちに、しだいに感化されたのだよ。同じ道を通っても変節を求められぬ者もある。残念なことに、私はこうした会議において孤立しておるのでな」

彼はそれだけいうと旅籠を出ていった。

コバは一瞬呆気に取られたように立ちつくしていたが、やがてちらりとフィデルマを見やった。

「儂は砦に戻らねば。砦の者たちにかのサクソン人を捜索させておる。ご友人にはすまないことをした、尼僧殿。救い出すつもりが、ただ事態を悪化させただけとなってしまった。古い諺(ことわざ)にもあるように、不幸をもたらす者には友人といえど近づいてはならぬのだ。われわれは身をもってその諺の意味を学んだということだ。このようなことになってしまい、心から申しわけなく思っている」

彼が出ていったあと、フィデルマの耳にちいさな咳払いが聞こえた。

デゴとエンダが階段をおりてきた。

「すべて聞いていたのですか?」彼女は訊ねた。

「すべてというわけではありません」デゴが白状した。「とはいえ、ブラザー・エイダルフがあのコバという年配の男に〈聖域権〉を与えられたにもかかわらず、その〈聖域〉から逃亡したということはわかりました。まずい事態ですな」

「ひじょうにまずい事態です」フィデルマの声は深刻だった。

「ガブローンの件はどうなりました?」エンダが迫った。「奴のことはなんと?」

フィディルマは手短に、川船の船頭について聞いた話を繰り返した。

朝食の席はみなほぼ無言だった。三人のほかには客がいないのか、あるいは少なくとも、彼らが食堂にいる間に朝食をとりにおりてくる者は誰ひとりいなかった。

第十四章

エイダルフがふいに凄まじい空腹をおぼえたのは昼頃のことだった。まだかなり冷えたが、霜はすっかり解け、日陰ではない場所には朝日が降りそそいで心地よい温もりを与えていた。とはいえその場所も常に暖かいわけではなく、雲が太陽の前を横切ったり、背の高い木に日射しが遮られたりすると、とたんに厳しい寒さが舞い戻ってくる。エイダルフはマントの襟を緩め、ありがたくも自分が敵からこれを拝借しようと思いついたことを、神に感謝した。

カム・オーリンをあとにして北へ向かい、幅の広い川沿いの渓谷を一キロメートルほど進んだあたりで川幅が狭くなりはじめた。険しい山々が四方にひろがり、弱い日射しが降りそそいでいるにもかかわらず、黒々とした峰がのしかかるように聳え立っている。さらにしばらく進むと、川が変わったようすで交わる場所へ行き着いた。両側から、といっても左右まったく同じところにあるわけではないのだが、二本の小川がそれぞれに川へ注ぎこんでいた。いっぽうは南東から、もういっぽうは西から、ここよりも狭い谷を通りながら周囲の山々の上から流れ落ちてきた小川だ。

エイダルフは注意深くあたりを見まわしてここですこし休むことに決め、倒木に腰をおろした。太い幹には眩しい陽光が降りそそいでいる。

「決断のときだな」彼はひとりごとをいった。「さて、どちらへ行こう?」

川を渡って渓谷を東へ向かえば、最終的には海に突き当たるだろう。ここから十キロメートルもないはずだ。沿岸に着いたら故国へ運んでくれる船を探せばよい。そちらの道を行き、船を見つけてラーハンを離れるという考えはじつに魅力的だった――だがなによりも頭に浮かぶのはフィデルマのことだった。

フィデルマは私の身に降りかかった災難を知るやいなや、聖ヤコブの墓への巡礼から引き返してまで弁護に駆けつけてくれた。今、彼女を残して行くことなどできない。ひと目会うこともなく、まるで……エイダルフは眉をひそめた。まるで……なんだというんだ? おのれの心中が複雑すぎて、彼は戸惑っていた。やがて心を決めた。フィデルマはまだファールナにいるのだ。迷うまでもなかった。戻って彼女に会わなければ。

「〝ウト・ファータ・トラフント〟!」彼は呟(つぶや)き、立ちあがった。このラテン語は、語義どおりの意味は〝運命の引くままに〟であり、おのれの運命に対してできることが限られている場合に用いられる表現だ。とうについていた決心を言葉で説明するには、このようにいいあらわすよりしかたがなかった。

彼は踵(きびす)を返して小川の土手沿いを歩きだし、勢いよく流れる水面(みなも)を眺めながら山をめざした。数キロメートルほど先にはさらに高い山々が聳えており、いくつもの峰が連なって稜線を描いていて、丸みを帯びた頂が、防壁さながらに彼の行く手を阻んでいるかに見えた。これといった計画があるわけではなかった。ファールナに戻れたとして、いかにしてフィデルマに連絡を取るのか。彼が修道院にはもういないと知り、すでに町を出てしまったかもしれない。そう思うと胸がきりりと痛んだ。それでも彼女に連絡を取ろうとすらせずに去ることなどできなかった。あとは運命の女神の慈悲にすがるよりほかなかった。

デゴとエンダは不安げに視線を見交わした。

朝食を終えると、フィデルマは無言の瞑想に入ってしまった。ふたりの若き武人たちはしだいに焦れてきた。

「さて、姫様?」ついにデゴが痺れを切らし、大声でいった。「われわれはどうすればよろしいので?」

ややあってフィデルマがわれに返った。ぼんやりとした表情でデゴを見つめたまま、彼の質問の意味を嚙み砕く。やがて供の者たちに向けて苦笑いを浮かべた。

「ごめんなさい」彼女はすまなそうにいった。「事実をひとつひとつ思い返していたのですが、それぞれのできごとを結びつける糸口すら見つかる気配がなく、ひとりひとりが殺害されるに至った動機にもたどり着くことができないものですから」

「動機を知ることはそれほど重要ですか?」デゴが訊ねた。

「動機を知れば、犯人はおのずとわかるものです」彼女はきっぱりといった。

「昨夜、ガブローンが糸口になりそうだということで意見が一致したではありませんか?」

エンダが指摘した。

「彼はまさに、私が分析しようとしているこの謎において、その役割を担っています」

「ガブローンを探し出して訊問なされればよろしいのでは?」エンダが返した。

彼の率直さにフィデルマはくすりと笑いをこぼした。

「私はこれらの断片をなんらかの秩序に当てはめようと四苦八苦していましたけれど、あなたのいうほうが的を射ていますね。みずからに課したはずの約束ごとを蔑ろにしていたことに、あなたのおかげで気づきました。事実を収集せずして推測を立てるな、と」

デゴとエンダはともに勇んで立ちあがった。

「ではわれわれがかの船頭の居どころを突き止めてまいります。あの者が早く見つかるほど、あなた様もより早く事実を手になさることができましょう」デゴがいった。

前方に、ちいさな雑木林から煙があがっているのが見えた。誰かが火を熾しているにちがいない。飢えと寒さと疲労がエイダルフを決意させた。ちいさな林を抜けるとその奥に広い空き地があり、細い川が流れていて、そのほとりに小屋が建っていた。頑丈そうな石造りの家で、屋根は低く草葺きだった。彼はふと足を止めた。その空き地のようすがどことなく妙だったからだ。地面は平らで、土をならしてあり障害物らしきものはなかったが、小屋を取り囲むように、しかも小屋からの距離はまちまちな場所に、太い柱が何本も地面から生えていた。まるで模様を描いているように見えた。それぞれの柱の頂点には彫ったような刻み目があった。

アイルランド五王国に長く滞在しているエイダルフには、その刻み目がオガム文字(1)であることがわかった。オガム文字とは、学問と文芸を司るいにしえの神オグマにちなんで名づけられた古い書法である。フィデルマならばこの古い文字をすらすらと読むことができたが、あまりにも古いうえに難解なため、彼にはとても手の出ぬしろものだった。これらの柱はいったいなにを意味しているのだろう、と彼は思った。見かけたときは木樵(きこり)の家だろうと思っていたが、このような不思議な柱に取り囲まれた木樵小屋など、これまで一度として見たことがなかった。

数歩近づいてみると、秋の枯れ葉やわくら葉が、小屋から一定の距離までは大量に積もっているが、奇妙なことに、ある線を境に、小屋の周囲の葉はすっかりきれいに掃かれているのがわかった。エイダルフは頭をひねりながら、枯れ葉を踏む感触を足もとに感じつつ、さらに一歩踏み出した。

「誰だね?」太い声が響き、小屋の扉から男があらわれた。

中背の、麦藁(むぎわら)色の長髪をした男だった。顔は戸口の陰に隠れていてよく見えなかったが、身体は武人のような筋肉質で、さらに、いかなる脅威にも対応できるように常に体勢を整えて立っているそのさまを見れば、その印象が間違いではないことがはっきりとわかった。

「凍えてひもじい思いをしている者です」エイダルフはわざと明るい声でいい、一歩前に踏み出そうとした。

「動くな！」戸口の男が嚙みつくようにいった。「葉のあるところから出るんじゃない」

エイダルフはその要求に眉をひそめた。「あなたに危害など加えません」変わり者なのだろうか、と思いつつ、彼は申し出た。

「このあたりの者ではないな――その訛りからすると、サクソン人か。あんたひとりかね？」

「ご覧のとおりです」エイダルフは答えたが、困惑は深まるばかりだった。

「ひとりかね、と訊いておるのだが？」男がさらに迫った。

エイダルフは苛立ちをおぼえた。「ご自分の目で見たものが信じられないのですか？」彼はちくりといった。「ひとりに決まっているじゃありませんか」

戸口の男がわずかに首をかしげ、それによって顔が陰の外へ出た。目鼻立ちの整った顔だったが、両眉と両目の上を横切るように、ただれた古い火傷の跡が残っていた。

「目が見えていらっしゃらなかったのですか！」エイダルフは驚いて思わず声をあげた。

男は怯えたようにびくりとあとずさった。

エイダルフは片手をあげ、掌（てのひら）を前に向けるという親睦の合図をしてみせたが、その動作が無意味であることに気づき、手をさげた。

「怖がらないでください。私ひとりです。私はブラザー……」彼は口ごもった。ひょっとすると彼の名はこの王国じゅうにひろまっているかもしれず、盲いた者の耳にまで届いているかもしれない。「サクソンの修道士です」

男は片側に頭を傾けた。

「名は口にしたくないとみえる。なにか理由があるのかね？」彼が問いただした。

エイダルフはあたりを見まわした。ひとけはなく、この盲人に危害を加えられることもまずないだろう。

「私はブラザー・エイダルフと申します」

「あんたひとりかね？」

「そうです」

「こんなところでたったひとりでなにをしている？ このあたりにはなにもなければ人もいない。なにゆえにサクソン人の修道士がこんな山の中を旅しているのかね？」

「話せば長いのですが」エイダルフが答えた。

「時間ならいくらでもある」相手が厳しい声で返した。

「ですが私はとにかく疲れ果てていて、さらに凍えているうえに空腹なのです」

男は決めかねているようだった。

「わたしの名はダルバッハ。ここはわたしの小屋だ。ちょうどブロス（肉・魚・野菜などを煮出したスープ）がある。穴熊の肉でつくった出来たてで、それにパンと蜂蜜酒（ミード）があれば充分だろう」

「穴熊の肉ですって？　それはまたご馳走ですね」アイルランド人の多くが穴熊の肉を珍味として重宝するのを知っていたので、エイダルフはそういった。確か、いにしえの物語では、〝俊足のモリング〟が偉大なる戦士フィン・マク・クールへの尊敬のしるしに、穴熊料理を振る舞うと約束したのではなかったか？

「食事しながらその話とやらを聞かせてもらおう、ブラザー・エイダルフ。では歩いてきたまえ、こちらへまっすぐにだ」

　エイダルフが近づいていくと、ダルバッハが片手を差し伸べてきた。エイダルフはその手を取った。握る手は力強かった。握った手はそのままに、盲目の男はもう片方の手をあげ、エイダルフの顔に軽く触れるとその顔かたちを指でたどった。その動作には驚かなかった。というのも、かつてアラグリンで出会った、目が見えず耳も聞こえず口もきけぬ青年モーエンが、触れることによってものごとを〝視る（み）〟姿を目にしていたからだ。彼は盲目の男が存分に観察し終わるまで、辛抱（しんぼう）強く立っていた。

「盲人の好奇心のあらわしかたに慣れているようだな、サクソンの修道士殿」やがて彼は手をおろすと、いった。

「私の顔を〝視よう〟となさっているのだということはわかっていますので」エイダルフも

認めた。

男は微笑んだ。笑顔を見せたのはこれが初めてだった。

「人の顔からは多くのことがわかるものだ。あんたを信用しよう、サクソンの修道士殿。あんたは思いやりのある顔つきをしている」

「美男子ではないことも、そのように表現していただければありがたいものです」エイダルフはにんまりと笑みを浮かべた。

「かようなことが気になるのかね？　見た目に恵まれていないと勝手に自分で思っているのだろう？」

男がひじょうに聡く、相手の言葉をひとことも聞き漏らしていないことにエイダルフは気づいた。

「われわれは誰もがみな多少の虚栄心を抱いているものです、最も醜い者ですらも」

「〝ヴァーニタース・ヴァーニタートゥム・オムニス・ヴァーニタース〟」男が笑い声をたてた。

「『伝道之書』ですね」エイダルフも気づいた。「〝空の空なる哉都て空なり〟（第一章二節）」

「ここがわたしの家だ。入るといい」

そういうと、男は踵を返して小屋の中へ入っていった。室内がきちんと片づいていることにエイダルフは感心した。ダルバッハはじつに正確に障害物をよけて歩いていった。おそらく家具の配置はすべて、彼が憶えやすいように工夫がなされているのだろう。

「マントを椅子の背にかけて座ってくれ、そこのテーブルのところに椅子があるだろう」ダルバッハはそう指示しつつ、自分はまっすぐに、燃える炎の上に吊してある大釜のそばへ行った。エイダルフは羊皮のマントを脱いだ。そしてダルバッハが、慣れた手つきで棚からボウルを出し、ブロスをその中にすくうのを見守った。彼は迷いなくテーブルのほうへ戻ってくると、エイダルフのほぼ目の前にボウルを置いた。

「多少明後日の方角なのは許してもらえるかね？」彼は笑みを浮かべた。「ボウルを自分のほうに寄せて、たぶんテーブルの上にスプーンがあるからそれを使ってくれ。パンもテーブルの上にあるはずだ」

確かにパンもテーブルの上にあり、エイダルフは感謝の祈りもそこそこに、がつがつと食べはじめた。

「つまり嘘ではなかったということだな、サクソン殿」彼が自分でブロスのおかわりを注いでボウルを手に戻ってくると、ダルバッハがいった。

「嘘？」口いっぱいに食べものを頬張りながら、エイダルフがもごもごといった。

「まったくもって、相当腹が減っていたとみえる」

「温かいおもてなしに感謝しております、友人たるダルバッハ、空腹は収まってきましたし、身体も温まってきました。今日はほんとうに外は寒いのです。神が、私の歩みをあなたの小屋へ導いてくださったにちがいありません。しかし、じつにここは、ずいぶんと人里離れていて……その……」

「盲人が暮らすには向いていない、といいたいのかね、ブラザー・エイダルフ？　その言葉をいい淀む必要はないぞ」

「なぜわざわざ、このような寂しい場所を住まいとして選んでいるのです？」

ダルバッハの口もとが世を拗ねたように歪んだ。あまり似合わない表情だった。

「選んでいるというより、選ばれたといったほうがよかろうな」

「どういうことです。町や村のほうが、万が一手助けが必要な場合にも近くに人がいますし、暮らしやすいのではないかという気がするのですが」

「わたしはあちらで暮らすことを禁じられているのだ」

「禁じられている？」

エイダルフは家主を不安げに見やった。彼自身の国でも、特定の病を得た者が町や村で暮らすことを禁じられることがしばしばあるのは知っていた。だが見たところ、ダルバッハがそうした病に冒されているようすはなかった。

「わたしは追放の身なのだ」ダルバッハが説明した。「目を潰され、周囲の人々ともただひとり引き離された」

「目を？」

ダルバッハは片手をあげ、両目の上を横切る傷跡に近づけると、皮肉めいた笑みを浮かべた。

「まさか生まれつきこうだとは思わんだろう、ブラザー・エイダルフ？」

「なぜそのようなことに？」

「わたしは、三十年前にこの王国を治めていたクリヴァン王の息子なのだ。父王が亡くなったとき、わが従弟フェイローンが王権を主張し……」

「それは昨年亡くなった前ラーハン王のことですか、そのあとを継いで若きフィーナマルが王位についた、あの？」

ダルバッハは頷いた。

「わが国の王位継承は、そちらのサクソンの国とはかなり勝手が違うと聞いている。わが国の王位継承が〈ブレホン法〉に基づいておこなわれることはご存じかね？」

「ええ。王家の中で最も王にふさわしい者が、彼のデルフィネによって王に選出されるのでしたね」

「そのとおりだ。デルフィネとは共通の曾祖父を持つ男系の三世代からなる、王家の選挙人団のことをいう。その頃わたしはまだ若く、武人で、〈選択の年齢〉にようやく届いたばかりだった。王位に就いた当初は、フェイローンはつつがなく国を治めていたが、年を経るにしたがい、しだいに彼は、王位を脅かされるのではないかという強迫観念にかられるようになった。そしてその王位を脅かすであろう者はただひとりしかいないと考えていた。つまりわたしのことだ。彼は夜陰に乗じてわたしを捕らえ、わたしは両目に熱した火搔き棒を押し当てられた。わたしから健康な身体を奪えば、デルフィネが、王国のあらゆる要職にわたしを就けることを真剣に検討することはなくなるからだ。そしてわたしはただひとり放逐され、ラーハン王国じゅうのいずれの町にも村にも住むことを禁じられた」(2)

ブラザー・エイダルフはダルバッハの話を聞いてもさほど驚かなかった。それなりによくある話だ。最年長の男子が後継者となることが法律で定められているサクソン諸王国においても、同じような残虐きわまりない行為が、玉座の奪い合いや権力争いの中で繰りひろげられている。兄弟がむごたらしく殺し合い、母親が息子に毒を盛り、息子が父親を弑逆し、囚われの身となった息子を父親が手にかける。アイルランド五王国では、相手が王位に就くことを阻むにはその者に肉体的欠陥を与えればよいのだから、王となる見こみのある者の命を容赦なく奪ってしまうサクソン諸王国に比べれば、こちらのほうがまだましなのかもしれなかった。

「この生活に慣れるまでにはさぞたいへんな思いをされたのでしょうね、ダルバッハ」エイダルフは気の毒に思い、そういった。

盲目の男はかぶりを振った。

「友人や、ときには身内の者も援助してくれている。縁者のひとりがファールナの修道士で、言葉がすこし不自由だが、しょっちゅうわたしを訪ねてきては食べものやみやげを持ってきてくれるのだ。友人や縁者たちのおかげでそれなりに暮らしている。フェイローンはすでにこの世になく、身の危険もない。それどころか、なかなかに楽しい毎日だ」

「楽しい？」

「剣を捨て、かわりに詩を綴り、**クリッチ**、すなわち小型のハープを弾(ひ)く。わたしはこの生活に充分満足している」

エイダルフは、男の逞(たくま)しい身体を訝(いぶか)しげに見やった。

「ハープを弾いているだけで、そこまで筋肉がつくものでしょうか、ダルバッハ」

ダルバッハは掌で膝を打ち、くくっと笑い声をたてた。

「鋭いな、修道士殿。確かに今も身体は動かしつづけている。なにしろこのありさまだから、身体は鍛えておかねばならんのでな」

「確かに……ああ！」

エイダルフが突然声をあげたので、盲目の男はなにごとかと顔をあげた。

「どうしたね？」

エイダルフは憂うような笑みを浮かべた。

「この小屋のまわりにある**オガム**文字を刻んだ棒がなにを意味しているのか、たった今わかりました。あれは道しるべですね、違いますか？」

「やはり鋭いな、ブラザー・エイダルフ」感心したように相手がいった。「空き地をそぞろ歩いていても、あの柱がどの地点にいるのかを教えてくれるので、迷うことなく小屋に戻ってこられるというわけだ」

「素晴らしい工夫ですね」

「かような状況に置かれれば人は工夫を凝らすものだ」

「苦々しい思いはないのですか？　つまり、あなたにこのようなむごい仕打ちをしたフェイローンに対して？」

ダルバッハは考えこみ、やがて肩をすくめた。

「そのような思いは霧散してしまったようだ。ペトラルカ(3)が語っていなかったかね、死すべきものは永遠ならず……」

「……甘きもいつか苦きに終わる」エイダルフが締めくくった。

ダルバッハはじつに楽しげにくっと笑った。

「まあ、確かにかつてはフェイローンに対して苦々しい思いを抱きつづけていた。だが相手が死してなお恨みを燃やしてどうするね？　今この国を治めているのはわが伯父ローナーン・クラッハの孫息子だ。時代とはそういうものだ」

「それはフィーナマルのことですか？　彼とあなたは縁戚関係にあるのですか？」

「イー・ケンセリック王家の者はみな親族だ」

エイダルフの声に警戒心がにじんだ。「ではあなたは親族であるフィーナマルと近しい関係にあるのですか?」

ダルバッハはわずかに空気が変わったことに気づいていた。

「彼はわたしの存在をなかったこととしているし、わたしもあえてあちらを気にしていない。代償を支払ってもらわねばならぬような難儀を与えられたこともない。あんたはなぜそんなに彼を警戒しているのだね、ブラザー・エイダルフ?」

唐突に訊ねられてエイダルフは不意を突かれた。目の前の相手が、どんな微妙な空気ですら読み取って意味を解釈することのできる者だということをすっかり忘れていた。だがこの盲目の男は信用できる相手だという気がした。

「彼に処刑されそうになったのです」ここは真実を語るほうが最も話がややこしくならないと感じ、エイダルフはいった。

ダルバッハの表情が変わったようには見えなかった。彼は座ったまましばらく黙っていたが、やがて静かにため息をついた。

「あんたのことは聞いている。あんたは例の、年端のいかぬ少女を強姦し殺害した罪で絞首刑を宣告されたサクソン人だな。名前に聞きおぼえがあると思ったが、あんたが名乗るのをためらったのはそういうわけだったのか」

「私はやっていません」即座に返したところで、そもそもダルバッハが自分のことを知っているほうが驚きだと、エイダルフは気づいた。「誓っていいますが、私は無実です」

盲目の男は彼の考えを読んだかのように、いった。

「わたしは人里離れた場所に暮らしているかもしれないが、だからといってまったくの孤独というわけではない。さまざまな知らせを運んでくれる友人や縁者がいると先ほどもいっただろう。罪を犯していないのなら、なぜ死刑を宣告されたのだね？」

「おそらくあなたが盲目とならざるを得なかったときと同じです。あらゆる不当な行為は、恐怖心によって引き起こされることが多々あります。とにかく私はやっていない、としかいいようがありません。このいわれのない告発の裏に隠された理由を知ることができるなら、なにを差し出しても構わないくらいです」

ダルバッハは考えを巡らせながら、椅子に深く座り直した。

「ある感覚を失うことでほかの感覚が研ぎ澄まされるというのはなんとも不思議なものだ。あんたの声には、ブラザー・エイダルフ、真実を語っているという響きを感じるのだ。わたしの都合のよい思いこみかもしれんが、あんたが嘘をついていないことはわかる気がする」

「それは、ありがとうございます、ダルバッハ」

「つまり囚われの身から逃げ出してきたのかね？　彼らは間違いなくあんたを血眼(ちまなこ)で探していることだろう。沿岸をめざして故国へ逃れようというのか？」

エイダルフがためらうようすを見せたので、ダルバッハは慌ててつけ加えた。「ああ、大丈夫だ。あんたの計画を他人に漏らしたりなどせぬ」

「違うのです」エイダルフが答えた。「沿岸へ向かおうかとも考えました。ですがやはり、ここに残って真実を突き止めることこそ、私が取るべき道なのです。私はそのつもりです」

ダルバッハはしばし無言だった。

「それは勇気ある行動だ。初めからあんたは潔白だと感じていたが、ますますその印象は揺るぎないものとなった。沿岸に向かう手助けをしてくれ、と最初からいわれていたら、とたんに訝しく思っただろう。さて、あんたがこの地にとどまって真実を突き止めるために、わたしはなにをすればよいのかね？」

「私はファールナに戻らねばなりません。あの場所には……私を助けようとしてくれている人がいるのです」

「〝キャシェルのシスター・フィデルマ〟かね？」

エイダルフは度肝を抜かれた。「なぜそれを？」

「先ほどの縁者が話していた。〝キャシェルのフィデルマ〟のことはなにかと耳にしている。イアハー・リーフェ（リフィー川西部）のアハ・ゴーンの戦（いくさ）(4)でフェイローンと同盟を結び、わが父を斃（たお）した者こそ、彼女の父親であるモアン王ファルバ・フランなのだ」

男はまったくそれを根に持っているようすはなかったが、それでもエイダルフはただただ驚きを隠せなかった。

「フィデルマのお父上が？　ですがあのかたは彼女が赤子の頃に亡くなっています」

「むろんそうだ。アハ・ゴーンの戦は三十年以上前のことだ。心配めさるな、ブラザー・エイダルフ。わが父が敵と繰りひろげた戦いは、もはやわたしのあずかり知らぬところだ。わたしと、ファルバ・フランの子孫との間には、今やなんの確執もない」

「それならばなによりです」エイダルフは熱のこもった口調で答えた。

「ではその〝キャシェルのフィデルマ〟と接触を図る方法を見つけねばならぬな」ダルバッハはいった。「なにか考えはあるのかね？」

エイダルフは肩をすくめたが、その身振りが意味のないものであることを思いだした。

「いいえ、ファールナに戻り、そこに望みが残っていることをただ願うばかりです。問題は、おそらく私はすぐに見つかってしまうにちがいないということです。たとえマントを羽織っていても、私のこの法衣と〈聖ペテロの剃髪（トンスラ）〉、それにこのサクソン訛りでは、長く気づかれずにいることは無理でしょう」

いきなり、近くで狩猟用らっぱが高らかに鳴り響いた。あまりにも突然だったため、エイダルフは驚いて飛びあがった。

「心配せずともよい、ブラザー・エイダルフ」ダルバッハはなだめるように声をかけると椅子から立ちあがった。「おそらくわたしの縁者だ。今日か明日頃、みやげものを持って寄るかもしれないと前もって知らせを受けていた」

林の端に人影があらわれ、小屋の前の空き地の手前で立ち止まった。

窓からそのようすをちらりと覗いたエイダルフは思わず立ちあがり、その勢いで椅子が後ろに倒れた。見間違えようがなかった。早朝に、カム・オーリンの砦の寝台から彼を叩き起こした、小柄で痩せぎすの細面の男がそこにいた。逃がしてくれるふりをしておきながら、掌を返して彼を弓矢で射殺しようとした、まさにあの男が。

第十五章

「ガブローンですか？」修道院の入り口の門でフィデルマと向き合ったシスター・エイトロマは、驚いたようにいった。「なぜ私が彼の居どころを知っているとお思いになるのです？」

フィデルマはこの執事（ラクテレ）に対して少々苛立ちをおぼえた。

「あなたはこの修道院の執事でしょう。ガブローンはこの修道院と頻繁に取り引きをしているのですから、彼がいる可能性のある場所を、まずあなたに伺うのは当然だと思いますけれど」

シスター・エイトロマは渋々ながらそのとおりだと認めたが、両手をひろげてみせ、力にはなれない、と身振りで示した。

「申しわけないのですが、修道女殿。厄介ごとが続いていますうえに、昨日あのサクソン人が逃亡してからというもの、修道院長様はとりわけ……」彼女は口ごもり、顔をしかめた。「彼の居場所など、私はほんとうに知りませんのに」不満げな声だった。「急に、誰もかれもがガブローンを探しはじめたかのようですわ。わけがわかりません」

「誰もかれも？」彼女の言葉を聞きとがめ、フィデルマは即座にそう訊ねた。「どういうことですか」

シスター・エイトロマはみずからの言葉を反芻した。

「つまり、彼の居どころを知らないかと、今日すでに数人に訊ねられているのです。院長様もそのおひとりです。私は彼の見張り番ではない、とあのかたにもつい先ほど申しあげたばかりです」

小鳥めいた、おどおどとしたこの執事が、あの居丈高な修道院長にたいしてここまで強気なものいいをするとは、とフィデルマは訝(いぶか)しげに片方の眉をあげた。

「ではファインダー修道院長が今朝彼を探していたというのですね?」彼女は考えこんだ。

「彼の居どころを知っているかと訊ねてこられただけです」執事が正した。

「けれどもあなたはご存じない?」

シスター・エイトロマは腹立たしげにため息をついた。

「あの男は自分の船で寝起きしています。飲み過ぎて帰れなくなっているときは別ですが。カム・オーリンから通(かよ)ってきているのです。彼の船は今、修道院の船着き場には見当たりませんから、彼がカム・オーリンと、ここより南のロッホ・ガーマンとの間のどのあたりにいたとしても不思議ではありません。私は占い師ではありませんし、彼の居場所を正確に答えることなどできやしません」

執事の苛立ったようすに、フィデルマは驚いた。

「心当たりはありませんか?」彼女は穏やかに訊ねた。

シスター・エイトロマは否と答えようとして、やがて肩をすくめた。

「ファインダー修道院長様がカム・オーリンへ馬でお出かけになりました。ですから彼を探すのであれば、まずそこへ向かうのがよろしいんじゃないですか」

踵を返そうとしたシスター・エイトロマを、フィデルマが呼び止めた。

「いくつかの点を明確にしておくために、二、三伺っておきたいことがあります、シスター・エイトロマ。明らかにあなたは、ファインダー修道院長に対して敵意を抱いていますね。それはなぜです?」

執事は傲然と彼女を睨みつけた。「お気づきでしたか」

「見えないものほどあからさまに見えることもままあるのです」

「かつて私には夢がありました。ちっぽけな夢でしたけれど。その夢を私から奪った人間を、好きになれるはずなどありますか?」

「ではあなたは、ファインダーをここへ連れてきたうえ、あなたよりも上の立場である院長として据えたノエー前修道院長のことも、同様に嫌っているのでしょうね?」

シスター・エイトロマは肩をすくめた。「もういいんです。申しあげたとおり、今は別の計画を考えてますから」

「それよりも例の商人、ガブローンの話ですが」フィデルマは話題を変えた。「彼は修道院長と特別な関わりがあるようですね。先日彼は、院長室へノックもなしに入ってきました」

シスター・エイトロマはくすりと棘のある笑いかたをした。「それは彼ががさつで無礼な田舎者だからでしょう。ですが彼が院長様と個人的な取り引きをしているらしいことは確かです。そのおかげで自分は院長様と特別な親しい関係にあるとあの男は思いこんでいるのです。ロッホ・ガーマンの港から戻ってくるたびに、院長様に葡萄酒やらなにやらの品々を運んできていますわ」

フィデルマはひと呼吸置いてから、次の話題に話を移した。

「ガームラという少女が殺害された夜のことですが……」

「知っていることはお話ししたはずです」シスター・エイトロマがすぐさま口を挟んだ。

「いくつかの点を明確にしておきたいのです。ファインダーが少女の遺体をこの修道院へ運ばせてあなたを呼びにやったとき、正確にはあなたはどこにいましたか？　眠っていたのですか？」

シスター・エイトロマは眉根を寄せた。「いいえ。じつをいいますと、私は書庫から自室に戻る途中だったのですが、そこで亡くなった少女の検死のために呼び出された薬師のブラザー・ミアッハと鉢合わせしたのです」

「なぜそんな深夜に書庫にいたのですか？」

「ノエー前修道院長様のためです。私は厩番の少年たちに、ファルバサッハ司教様の馬から馬具を外してよいものかどうかと訊かれたために時間を取られて……」

フィデルマは混乱した。「ノエー前修道院長の話をしているのでは……？」

シスター・エイトロマはもどかしげにため息をついた。

「夜遅くにファルバサッハ司教様が、戻られたとたんに馬を置いて、また慌てて出ていかれたんです。馬をどうすればよいか、その夜もう一度馬がご入り用なのかどうかもいっさい指示なさらずに。馬が汗をかいていましたので、ある程度の距離を急いで飛ばしていらしたのは明らかでした。私は厩番の少年たちに指示を与えて、床につこうと……」

「彼が修道院に到着したのはいつでしたか？　ファインダー修道院長が戻ってくる前ですか、それともあとですか？」フィデルマは詰め寄った。ファルバサッハとファインダーが別々にラヒーンから戻ってきたことはまず間違いないと勘でわかったが、そこは確実にしておきたかった。

「あのかたがいらしたのは、ファインダー様が少女の遺体を発見したと知らせてくるすこし前のことでした。遺体を発見したのは、まさに修道院に戻ってきたときのことだったそうです」

フィデルマはふと考えこんだ。ではファルバサッハが少女の殺害時刻よりも前にここに到着していたことも充分にあり得る。この事実にはなにか意味が隠されているのだろうか。やがて彼女はふたたび話を続けた。「それで、あなたは厩舎を出てそのまま自室に向かったのですね？」

「いいえ。自室に向かう途中で、書庫から物音がしたんです。中を覗いてみると、ノエー前修道院長様がいらっしゃいました。そこで、なにかお手伝いしますか、と声をかけたんです。なにしろ私は執事ですからね」

　フィデルマは反応を顔に出すまいとした。

「ではその夜は、ノエー前修道院長までもがこの修道院にいたのですか？　彼の住まいはフィーナマルの王城にあるのではないのですか」

「なにか古い文献を調べているのだとおっしゃっていました」

「自室に戻るまでに、あなたはどのくらいの間彼と一緒にいましたか？」

「ほんの短い間です。手助けは必要ない、とあちらがにべもなくおっしゃいましたので」

「それから？」

「それからふたたび自室へ向かっていたところ、先ほどもお話ししたとおり、ブラザー・ミアッハと行き合って、院長様が戻られたことと、この修道院の若い修道女見習いが遺体で発見されたことを知らされました。私は彼についていき、そのあとはあなたもご存じのとおりです」

　フィデルマはしばし無言だった。するとシスター・エイトロマがまじまじと彼女を見ていた。

「これでいくつかの点が明確になりましたか？」

「そうですね」フィデルマは即座に笑みを浮かべ、認めた。「たいへん参考になりました」

フィデルマは慌ただしく旅籠（はたご）へ戻った。旅籠に残してきたデゴとエンダは馬に鞍を置き、船頭を探しに行く準備を整えていた。

「あの男の居どころはわかりましたか？」彼女が厩舎に入っていくと、エンダが声をかけた。

「はっきりとは突き止められませんでした。ですがまずカム・オーリンに向かってみましょう。どうやらファインダー修道院長もガブローンの行方を探しているらしく、すでにそちらへ向かったようです」

「ファインダー修道院長殿が？」デゴが聞きとがめた。「なぜ彼女がガブローンを探しているのです？」

フィデルマは考えこみながら馬の背に乗った。だが彼女にも答えようがなかった。


万事休す、とエイダルフは思った。近づいてくる船頭とは関わってもけっしていいことがあるはずがない。その場に漂った緊張が、ダルバッハにも伝わった。

「わたしの縁者を知っているのかね？」

「ガブローンという名だということは知っています。今朝、私は彼に殺されかけたのです」

「ああ、ガブローンだったか」ダルバッハはいった。「彼は縁者ではない。単なる知り合いだ。たまにこのあたりを通りかかる商人だ。なぜ彼があんたに危害を加えようとしたのかは定かではないが、あんたが彼を恐れていることはわかる。急げ――そのあたりに梯子（はしご）があるはずだ。屋根裏へあがって隠れていたまえ――あんたのことは漏らさない。大丈夫だ。行け！」

ためらったのは一瞬だった。ほかに選択肢はなかった。小ずるい狐のような顔をした男はすでに戸口の近くまで来ている。

エイダルフは椅子の背からマントを引っ摑むと、椅子の位置をもとに戻し、梯子に飛びついて大急ぎでのぼった。もはや絶体絶命だった。なにしろ船頭は武器を持っているが彼は丸腰なのだ。

屋根裏の床の木板に身体を伸ばす暇はなかったが、床に開いた出入口にかろうじて頭を近づけ、視界は限られているがなんとか階下のようすをうかがえそうな体勢になったところで、小屋の扉が勢いよくひらいた。

「ご機嫌はいかがかね、ダルバッハ。俺だ、ガブローンだ」入ってくるなり船頭が呼びかけた。

ダルバッハは片手を伸ばし、彼に近づいた。

「ガブローン、わたしの小屋に寄ってくれたのは久しぶりだな。ご機嫌はいかがかね。わたしの蜂蜜酒（ミード）でも味見しながら、あんたの用向きについて話を聞こうじゃないか」

「ぜひともそうしよう」相手が答えた。

男がエイダルフの視界から消えた。陶器のマグに液体を注ぐ音がした。

「あんたに乾杯だ、ダルバッハ」

「乾杯、ガブローン」

しばしの静寂ののち、ガブローンが満足げに舌を鳴らした。

「商人仲間がラー・ローク（現在のコーク）からある商品を運んできてくれるんで、そいつとこの近くで落ち合うことになってってな。ところで、今朝このあたりで見かけない奴がいたとかいう噂を聞いちゃいないか？」男が質問を繰り出した。

新たな友人が裏切るのではという思いを捨てきれず、エイダルフは全身に緊張を走らせた。

「今日、このあたりに商人がいたという話は聞いとらんな」ダルバッハははぐらかした。

「まあいい、それならいったん船に戻って、船員をやって奴を探しに行かせるとしよう」彼はふと黙り、考え直しているようすだった。「ほかに怪しい奴がこっちのほうへ来なかったか？なんでもサクソン人の殺人犯が逃亡したとかで、このあたりを捜索してるんだと」

「サクソン人といったかね？」

「その人殺し野郎は、俺の主（あるじ）のコバの砦（とりで）を脱走したうえ、止めようとした衛兵のひとりを殺し、もうひとりを殴って気絶させやがった。コバには〈聖域権〉を与えられたというのに、とんだ恩返ししときたもんだ」

男がすらすらと嘘を唇にのぼすのを耳にして、エイダルフは歯ぎしりをした。

「そいつはひどい話だな」ダルバッハの声は穏やかだった。

「まったくだ。コバが人をやって奴を捜索させてる。まあともかく、俺は船に戻らにゃならん。だがもし商人に出くわしたら……とはいえ誰とも会っていないというんだな？」

「誰も見かけておらんよ」ダルバッハは認めた。彼が〝見かけて〟という単語をわざと強めに口にしたのを聞き、エイダルフは、彼が大真面目なふりをして茶目っ気をきかせていることに気づいた。確かに、盲目の男は嘘はついていない。

「ともかく、酒は美味かったよ。あとで船員を山へやって、行方不明の商人と俺の商品を探させることにしよう。万が一そいつがここへやってきたら、うちの船員を待つようにいっといてくれ。こんないい話をみすみす逃すわけにゃ――」

唐突に声が途切れた。階下でなにが起こっているのかわからず、エイダルフは怯えながら身をこわばらせた。

「ここに誰も来てないんなら、なんでテーブルにボウルがふたつあるんだ……しかも喰いかけのボウルが？」ガブローンの疑惑に満ちた声が問い詰めた。

エイダルフは無言の呻きをあげた。シチューのことをすっかり失念していた。食べかけのボウルがテーブルの上に載っているのがはっきりと見えた。

「誰も来なかったとはいっていない」ダルバッハの答えは素早く、堂々たるものだった。

「怪しい者は来てないかとあんたは訊いたんじゃないのかね。わたしが怪しいと思うような者は今のところここにはひとりも来ていない」

張り詰めた空気が漂った。やがてガブローンはその説明を受け入れたとみえた。

「まあいい、気をつけることだ。例のサクソン人は口はうまいが人殺しだからな」

「その殺人犯は修道士だと聞いたが」

「そうだ、だが少女を強姦して殺した奴だ」

「神よ、彼の魂に慈悲を与えたまえ！」

「神様は慈悲を与えてくれるかもしれねえが、俺たちに取っ捕まったら最後、そんな甘いことはいってられねえだろうよ」嚙みつくような答えが返ってきた。「じゃあな、ダルバッハ」

男がふたたび視界にあらわれ、扉がひらくのがエイダルフにも見えた。

「その商人仲間とやらが無事に見つかることを祈っているぞ、ガブローン」ダルバッハが呼びかけた。礼をいったらしき不明瞭な声がした。

扉が閉まった。エイダルフはしばらく待ってから、両膝をついて身体を起こし、床を這って、狭い出入口の穴に向かった。船頭のガブローンが小径(こみち)を歩いて林の奥へ消えていくのが見えた。ほっと安堵のため息が出るのを抑えながら、エイダルフは梯子へ戻った。

「行ったかね？」ダルバッハのひそめた声がした。

「行ってしまいました」エイダルフは下に向かって静かに声をかけた。「私を突き出さないでくださって、感謝してもしきれません。なぜです？」

「なぜ？」ダルバッハがおうむ返しにいった。

エイダルフは梯子をおりていき、彼の傍らに立った。

「なぜ私を庇ってくださったのですか？　あのガブローンという男があなたの友人なら、なぜ私を彼から匿ってくださったのです？　私についてあの男が話すのを聞いたでしょう。私は逃亡するためならなにごとも厭わぬ殺人鬼なのですよ。私を前にしたらみな危険を感じるはずです」

「告発されているようなことをほんとうにしでかしたのかね？」ダルバッハが唐突に訊ねた。

「いいえ、でも――」

「あの男がいうように、あんたはコバの砦から脱走し、衛兵をひとり殺したのかね？」

「弓矢を持った男を殴って気絶させたのは事実ですが、衛兵を殺してはいません。私のほうがあの男に殺されそうになったのです。私のもとへやってきて、おまえは自由の身だから去ってよい、といったのはガブローン本人です。砦の壁の外へ一歩踏み出したとたん、あの男が私を弓矢で射殺そうとしたのです」

ダルバッハはしばらく立ちつくしたまま、黙って考えを巡らせていた。やがて彼は片手を伸ばしてエイダルフの腕を探り当てた。

「先ほどもいったが、目が不自由だからといって人間の感覚が失われるわけではない。それにより、ほかの感覚が研ぎ澄まされることも多いのだ。あんたを信じるといっただろう、ブラザー・エイダルフ」彼の声は真剣だった。「ガブローンについては、おそらく〝友人〟という言葉は正しい説明ではなかった。彼はときおりこのあたりにやってきてはわたしに声をかけていくのだ。商売をしているのだとかで、仲間たちからのみやげものをたまに持ってきてくれる。さあ、もう一度かけたまえ、ブラザー・エイダルフ、食事の続きをしながら、あんたをファールナへ帰す計画を話し合おうじゃないか」

エイダルフはふたたび腰をおろした。「計画？」彼は訊ねた。ガブローンの出現で、まだ動揺が収まらなかった。

「ガブローンがあらわれるまでは確か、ファールナへ戻ってキャシェルからのご友人に会うというあんたの計画について話していたんじゃなかったかね」ダルバッハが指摘した。

「その前に、あのガブローンという男のことをもうすこし知っておきたいのですが。商人だといいましたね？」

「そう、彼は交易人だ。自分の船を持っていて、自由気ままに川を行き来している」

「そういえば、ファールナの修道院で一度姿を見かけました」

「あり得ることだ。彼は修道院と頻繁に取り引きをしている」

「ですが、なぜあの男が、わざわざコバの砦までやってきて、おまえは自由の身だから去ってよい、などと私にいったのでしょう？　てっきりコバの部下だとばかり思っていました」

「カム・オーリンの族長が金で彼を雇い、あんたを解放するふりをして射殺しようとしたのかもしれんな」ダルバッハが述べた。

「充分にあり得ることです」その件について考えを巡らせつつ、エイダルフはいった。「ですが、もしコバが単に私の死を望んでいたのなら、そもそもなぜ私を修道院から助け出したのでしょう？」

「ガブローンはおそらく金さえもらえれば相手には頓着しない質だから、誰かほかの者に雇われたのかもしれんな。いずれにせよあんたはその謎に向かい合わねばならん。わたしにいえるのは、川沿いでガブローンを知らぬ者はほぼいないということだけだ」

「こちらのほうへはよく来るといっていましたね」

「山の上に家族がいるんじゃないかとわたしは思うんだが」

エイダルフはその推論に興味をそそられ、そう口にした。

「彼は、山に戻ってくるときにはたいてい若い娘を連れている。おそらく彼女らは奴の親類で、川まで送っていくのだろう」

「おそらく？　紹介されたことはないのですか？」

「わたしのところへ来るときには娘たちを林の中に残してくるのだ。遠くからかすかな話し声が聞こえることはある。そしてここで一杯やっていくというわけだ――ここに来ればかならず蜂蜜酒があるとわかっているからな」

「その娘たちを一緒に小屋へ連れてきたことはないのですか？」

「ない」ダルバッハはきっぱりといった。「だが、あんたもそろそろ出発すべきではないかね？　ガブローンがここまでやってきたとあっては、あんたものんびりしているわけにはいかんだろう。もし先ほどやってきたのがガブローンではなくファールナのわたしの縁者だったら、おそらくやり過ごせなかったはずだ」

「必要以上にとどまることはけっして賢明ではないでしょうね」エイダルフも同意した。

「ではわたしの服と帽子で変装していくとよい」

「あなたはお優しいかただ、ダルバッハ」

「別に優しくはないが、他人の窮状には優しい視線を向けよと賢者たちもいっている。わたしは、正義のためにささやかな抵抗をおこなうことで、おのれの充足感を満たしているだけのことだ」彼は立ちあがった。「さあ来たまえ、着替えを置いてある場所に案内するから、あんたの旅にふさわしいものを見繕ってくれ。どのようにファールナに向かうのか、考えはあるのかね？」

「どのように、とは？」

「そこへたどり着くまでの経路だ。ブレホンのファルバサッハ司教は切れ者だと聞く。ひょっとすると、すでに彼はあんたが友人のシスター・フィデルマに接触を図ろうとしていることに感づいて、カム・オーリンからの道に見張りを配備しているかもしれない。北へ向かい、山々を横切って、北側からファールナをめざすのが一番だろう。あんたがそちらの方角から来るとは、さすがの彼らにも予想はつくまい」

エイダルフはしばし考えこんだ。「巧妙な考えですね」彼は認めた。

「今夜は冷えるだろうから山の中で夜を越そうなどとせぬほうがよい。イエロー・マウンテンの南側の斜面に、聖ブリジッド教会という、けっして大きくはないが落ち着ける場所がある。それを憶えておきたまえ。そこの司祭はブラザー・マルタンといい、気立てのよい人物だ。わたしの名を出せば、温かい寝床と食事を与えてくれるだろう」

「憶えておきます。あなたは寄る辺なき私のよき友となってくださいました、ダルバッハ」

「あの叫びはなんといったか――〝ユスティティア・オムニブス〟。〝すべての者に正義を〟、さもなくば正義は誰のものにもならぬ」ダルバッハが答えた。


肌を刺すような寒さと、晴れわたった空がひろがる明るい秋の朝だったが、昼が近づくにつれ、しだいにどんよりとした陰鬱(いんうつ)ないつもの風景が戻ってきた。南西から流れてきた冷たい灰白色の嵐雲が、じきに雨になるであろうことを告げていた。初めのうちは空の高いところで、牝馬の尾のごとく細くたなびくだけだった雲が、しだいに聳(そび)え立つような濁ったひろがりとなっていった。フィデルマの知識によれば、それは半日以内に雨になるというしるしだった。

フィデルマはデゴとエンダを供に、川沿いの小径をカム・オーリンめざして馬を走らせていたが、途中で一、二度馬を止めては、ガブローンに関する話を聞くため、すれ違う船頭たちを呼び止めた。それによると彼の船である〈黒丸鴉号〉が下流を行くところを見た者はいなかったので、おそらくまだカム・オーリンに係留されているのだろうと考えるのが妥当だった。

カム・オーリンは、渓谷の中で何本もの川や小川が奇妙に交わっている場所だった。川が交差しているあたりの土地の大部分はほぼ湖と化しており、ところどころに見える中洲も、土地が低いうえに湿地なので、人は住んでいなかった。北側と南側にはそれぞれ、この渓谷を守るかのように山々が聳えている。川辺の北側の山腹という、戦略的にも堅牢な場所には、この一帯を威圧するかのごとく砦が建っていた。あれが、昨日エイダルフが〈聖域権〉を与えられたというコバの砦か、とフィデルマは推測した。

湖の向こう側には、さらにひと筋の川が東から注ぎこんでおり、その源は聳える山々の合間に消えていた。この山がちな片田舎を通って西へ抜ける玄関口を、カム・オーリンは見おろしていた。砦の眼下には、おもに川岸沿い、それもとりわけ北側の土手に寄り集まるように、数軒の小屋が建っていた。

ここでフィデルマが小休止を提案した。そばにちょうど、鍛冶場に火を入れる準備の最中の鍛冶屋がいたので、ガブローンとその船について聞きこみをするべく、デゴが近づいていった。革の上着をまとった屈強そうな男は、仕事の手を止めもせず、ぶっきらぼうになにごとか話すと、川向こうを指さした。デゴが戻ってきて、あらためて説明した。

「どうやらガブローンは、普段から自分の船を南側の川岸に停めているようです、姫様。住まいもちょうどそのあたりだそうです」

このあたりの川幅は広く、歩いて渡るのは不可能だった。

「向こう岸へ渡してくれる船を見つけねばなりませんな」いわずとも一目瞭然のことを、エンダが呟いた。

川沿いに数隻の船が並んでいるあたりを、デゴが指し示した。

「鍛冶屋がいうには、あのあたりの連中に頼めば向こう岸へ渡してくれるだろうとのことです」

鍛冶屋のいったとおりだった。まもなく少々弾んでくれれば向こう岸へ運んでやるという木樵が見つかった。エンダが馬たちとともにこちらの岸に残り、デゴがフィデルマとともにガブローンを探しに行くことになった。

川の中ほどを過ぎたあたりで、木樵が肩越しにちらりと向こう岸を見やり、漕ぐ手を止めた。

「ガブローンはいませんぜ」彼は告げた。「それでもまだ渡るんかね?」

デゴが険しい表情で眉根を寄せた。「いないだと? わかっていたならなぜ、わたしたちをここまで連れてきた？」

　木樵は憐れむような目で彼を見やった。「川が曲がってて隠れてんだよ、せっかちな旦那。川の真ん中のこのあたりまで来ねえと、あの小島の裏にもやってある奴の船は見えねえんだ。〈黒丸鴉号〉、ってのが奴の船の名前だが、いつもの場所には停まってねえな。つまりガブローンは留守ってことだ。奴は船をねぐらにしてんだ」

　その説明を聞かされて、デゴは落胆したようすを見せた。

「とりあえず渡ってみましょう」フィデルマがきっぱりといった。「あちらの停泊所にはほかにも小屋が何軒かあるようですし、彼の行方を知っている者が誰かしらいるかもしれません」

　木樵は無言でふたたび櫂を漕ぎはじめた。彼は二人をひとけのない停泊所におろすと、ガブローンのものである小屋を指さしたが、件の船頭がそこにいることはまずない、と釘を刺した。フィデルマは彼にそこで待つようにいい、自分たちの用事が済んだらふたたび向こう岸へ渡してくれるよう約束を取りつけた。小屋は無人だったが、木の枝の束を背中に担いだ女が、通りすがりに、彼らの姿を見て足を止めた。

「ガブローンをお探しで、尼僧様？」彼女はうやうやしく訊ねた。

「ええ」

「あの男はそこには住んじゃあいませんよ。確かにその小屋はあの男のもんですがね。船で過ごすほうが性に合ってるんだそうでさ」

「なるほど。では彼の船がここにないということは、つまり本人もここにはいない、ということですか?」

その理屈に女も頷いた。

「今朝早くにはここにいたけどね、ずいぶん早い時間に船で出てっちまいましたよ。族長様の砦で今朝なにやら騒ぎがあったんだとか」

「その騒ぎとやらは、ガブローンにも関係のあることだったのですか?」

「どうだかねえ。脱走した異国人がどうのっていってたけど。ガブローンはあたしらの族長様の砦で起こったできごとより、自分の懐のほうが大事って人間だからねえ」

「〈黒丸鴉号〉は、今日は下流へは来ていないと聞いていますが」

女はくい、と頭で北の方角を示した。

「だったら上流へ行ったんだろうよ。考えりゃわかることさね。今日はずいぶんといろんな人がガブローンを探してるみたいだけど、なんかまずいことでも起きたんかね?」

踵を返しかけたところで、フィデルマはふと立ち止まり、女をさっと振り向いた。

「いろんな人?」

「ええと、名前は知らないけどさ、ご立派な尼僧様がここにおいでになってね。ついさっきまで、ガブローンのことを訊ねなさってたよ」

「それは〝ファールナのファインダー修道院長〟でしたか?」

女は肩をすくめた。「そもそものおかたを知らないんでね。ファールナになんて行かないからさ──だだっ広くてせわしないところだからねえ」

「そのほかにも今日、あなたにガブローンのことを訊ねてきた人がいる、というような口ぶりでしたね?」

「武人様もひとり来なすったよ。王様の親衛隊の隊長様だとか」

「メルという名前でしたか?」

「名前は名乗らなかったね」女はもう一度肩をすくめた。「ご立派な尼僧様よりその人が先に来なすったんだ」

「彼はガブローンを探していたのですか?」

「ずいぶんと慌ててたようだよ。〈黒丸鴉号〉がどっちへ行ったかっていうから答えたら、えらくご立腹のようすでねえ。上流? 上流だと? って。それであっという間に行っちまった」

「わかりました。なぜガブローンを探していたのか、彼から聞いてはいませんね?」

「聞いてないね」

「ではガブローンを見つけるには上流へ行けばよいのですね?」

「だからそういったじゃないか」

フィデルマはしばし待ったが、相手の口からそれ以上の情報が出てこなかったので、自分から訊ねた。「ですがあの中洲の向こう側からは、川が二股に分かれていますね。どちらに行けばよいのかしら?」

「このへんにはお詳しくないようだね、尼僧様」女がちくりといった。「船で行くなら道はひとつしかないよ。〈黒丸鴉号〉の大きさの船じゃ、東側の支流には行けないのさ。ガブローンはたいてい北側の川筋を通って、その川沿いでなにやら取り引きしてる。そこで商品を受け取って、下流へ戻ってきて売るんだとさ」

フィデルマは女に礼をいって木樵の船に戻り、デゴもあとからついてきた。

「ということは、ガブローンを追ってさらに上流へ行かねばならないようですね」彼女はため息をついた。

「なぜ修道院長殿はあの男を探しているのでしょう?」戻りながら、デゴが訊ねた。「それにメルも? あのふたりもこの謎と関わりがあるのでしょうか?」

フィデルマは肩をすくめた。「それが解明できることを祈りましょう」彼女はふいに身震いをした。「今日はほんとうに冷えますね。エイダルフがどこか屋根の下にいられればよいのですけれど」

船に戻ると、木樵は毛織りのマントにくるまって休んでおり、寒さの中でも快適そうにしていた。

「ほらな、ガブローンはいないっていったろ」彼はにたっと笑うと片手を差し出し、船に乗りこむフィデルマに手を貸した。そのさいにすこし船が揺れた。

「ええ、そうですね」フィデルマはそっけなく答えた。

彼は無言で船をもとの岸へ返した。

北側の川辺で、デゴは男に要求された額の硬貨を渡したあと、フィデルマとともにエンダのもとに戻った。

「〈黒丸鴉号〉は上流へ向かったそうだ」デゴが彼に告げた。「それを追わねばならん」

エンダの表情は暗かった。

「あなたがたが向こう岸へ渡っている間、あの木樵の女房に話を聞いていたのですが」彼がためらいがちにいった。「北側の支流はここから二、三キロメートルほど、南側の支流はせいぜい一キロメートルほどしか船では行けないそうです」

「そうですか、それはよい知らせですわ」馬の背に乗りながら、フィデルマが答えた。「思ったよりも早く〈黒丸鴉号〉に追いつけるということですもの」

「木樵の女房によると、もうひとり別の武人がここへ来たのだそうです」エンダがつけ加えた。「その武人は馬を置いて……」

「そのことなら聞いた。メルだ」デゴが遮り、鞍にひらりと飛び乗った。

「しかも、彼のほかにもうひとり連れがいて、彼が川向こうへ渡っている間、こちら側の岸で待っていたのだそうです」

フィデルマは辛抱強く待ったが、やがて痺れを切らして口をひらいた。

「それで――なにを聞いたのです、エンダ？」

「ええ。連れはブレホン様だった、と女房はいっていました。ファルバサッハ司教様だった、と」

＊

エイダルフは新たな友人ダルバッハのもとを辞し、山道をのぼっていた。空気はひんやりとして、南東からの風が吹いていた。じきに天気が崩れるだろうと予想がついた。小高い場所にいるので、黒々とした雨雲が南の空を覆いはじめているのが見わたせた。

彼はダルバッハの勧めどおり、まっすぐに北をめざした。どこかで峰を越えれば、北側の山々の東端にある渓谷に出られるはずなので、そこまで行ったら西へ方向転換して、ファールナへ続く道をたどるつもりだった。ダルバッハは、盲目とはとても思えぬほど、みずからの土地の地理をこと細かに憶えていた。記憶が頭に焼きついているのだ。今エイダルフが歩いているあたりには、山地の荒涼たる風景がひろがっていた。ダルバッハに受けた温かいもてなしと、すり切れた法衣とサンダル靴のかわりに彼が貸してくれた暖かい服とブーツが、重ねてほんとうにありがたかった。渡された毛織りの帽子もじつに重宝した。あたかも着ていた羊皮のマントと誂えたかのように、頭をすっぽりと隠してくれたうえ、鍔もついていたので耳まで覆うことができた。山を吹き抜ける風がナイフのごとく、肌の繊細な部分に容赦なく切りつけてくるかのようだった。

まるで消えてはあらわれるかのような小径を、彼は大股に歩いていった。しじゅう立ち止まっては、道を外れていないかと確かめねばならなかった。踏みならされた道ではないことは確かだった。ときおり顔をあげて冷たい風の中に目を凝らしてみることもあったが、目の前の地面を見つめながら歩くほうが進みやすかった。そのようにしてふと視線をあげたあるとき、彼はびくりと立ち止まった。

小径の先のすこし離れたところに、男がひとり立っていた。

「こっちだ！」男が叫んだ。「待ちくたびれたぞ」

＊

フィデルマと供の者たちが、北側の川岸に馬を走らせて一時間ほど経った頃、デゴが手綱を引き、興奮したようすで指さした。

「〈黒丸鴉号〉にちがいありません！　見てください、この先の木立の奥にある突堤に、船がもやってあります」

フィデルマは目をすがめた。さほど遠くない場所にささやかな木立があり、大きな川船が、すぐそばにある木製の突堤に係留されていた。突堤の傍らには馬が一頭繋いであった。フィデルマは即座にその馬を見とがめた。

「あれはファインダー修道院長の馬です」彼女は供の者たちにいった。

「ではようやくガブローンに行き着いたというわけですな」エンダがいった。

三人の乗り手は馬をゆっくりと歩かせ、修道院長の馬が静かに草を食んでいる場所で止まった。周囲で人の手の入ったものといえば、この木の突堤だけであった。近くには家もなければ、誰かが住んでいる気配すらなかった。妙にひとけのない場所だった。

〈黒丸鴉号〉からはなんの物音もせず、なんの動きもみられなかった。乗員たちはどこへ行ったのだろうか、とフィデルマは思った。おそらくみな船底に引っこんでいて、彼らが来たことにすら気づいていないのだろう。三人は乗ってきた馬を繋ぐと、フィデルマを先頭に、突堤から船へ乗りこんだ。船体の長い平底船だった。川を航行するためだけのもので、この船で海に出るのは不安定なうえに危険だと思われた。

フィデルマは甲板で立ち止まった。やけに静かだ。

彼女は慎重に主船室に向かった。主船室は船の後部に一段高くつくられており、甲板の高さに扉があった。ノックしようとした瞬間、中からかすかな物音がした。直感的に、なにかいやな予感がした。

警戒を促すようにデゴとエンダをちらりと見やると、彼女は取っ手に手をかけて静かに押しさげ、勢いよく扉をひらいた。

室内にひろがった光景は予想だにしないものだった。

薄暗い船室の中は血みどろだった。黒い染みが、床に大の字に手足を投げ出した死体からひろがっていた。だがそれよりも、死体の頭の傍らに膝をついている人物を見てフィデルマは衝撃を受けた。その者の片手には血まみれのナイフがあった。

死体の顔は断末魔の苦しみに歪んでおり、初めのうちフィデルマには、それが誰であるのかわからなかった。だがその服装で気づいた。〈黒丸鴉号〉の船頭、ガブローンだった。凶器を握りしめたまま彼の傍らに跪(ひざまず)いていた人物が、怯えた苦悶の表情で彼女を見あげた。ファールナの修道院長――ファインダー院長であった。

第十六章

「こっちだ。待ちくたびれたぞ！」男は繰り返し、岩の上から飛びおりるとエイダルフに近づいてきた。

驚きのあまりエイダルフはその場に固まり、目の前の小径の先に突き出た岩の上に先ほどまで立っていた男を、隅々まで観察した。粗い生地の素朴な服といういでたちだ。肌は褐色に日灼けしていて、屋外で過ごす時間が長いのだろうと思われた。厚手の革の胴着の下に分厚い毛織りの上着を着こみ、農夫がよく履いているような頑丈そうなブーツを履いている。

エイダルフは逃げ出すべきか、それともとどまるべきか悩みつつ、身構えた。すると小径の先に、すでに馬が一頭繋いである荷馬車が停まっているのが見えた。つまり逃げても無駄だということだ。彼はもしもの場合に応戦すべく、筋肉に緊張をみなぎらせた。

男は立ち止まり、渋い表情で彼を睨めつけた。

「ガブローンはどこだ？　今回は奴が直々に来るはずじゃなかったのか？」

「ガブローン？」どう出るべきか迷いながら、エイダルフはおそるおそる背後をうかがった。

「ガブローンなら船に戻りました」このさい真実を話すことに決め、彼はいった。どのみち、あの川船の船頭はダルバッハにそう話していたではないか。

「船に戻った？」目の前の男は道端にぺっと唾を吐いた。「つまりあんたがモノを受け取りにここへ来たってことだな？」

「わたしがここへ来ました」エイダルフは、嘘はいっていない、とばかりにおうむ返しにいった。

「おかげで二時間もここらをうろついちまった。冷えるうえに、奴のいってた待ち合わせ場所がこのダラッハ・カリグだったか、それともダルバッハの家だったか、だんだん自信がなくなってきてたところだ。ともかくあんたが来たならいい」

「急ぐようにとは、ガブローンにはいわれませんでした」ふいに肚が据わった。この男は、先ほどガブローンがダルバッハの家に来ていたさいに探しているといっていた、商品を運んできた取り引き相手にちがいない。〝ダラッハ〟と〝ダルバッハ〟がごっちゃになっているようだ。

「自分の手は汚さねえってのはいかにも奴らしいな」男がため息をついた。そして眉根を寄せた。「あんた、この国のもんじゃねえだろ？」

エイダルフはわずかに身をこわばらせた。

「その訛りからするとサクソン人だな」男が訝しげに続けた。やがて彼は肩をすくめた。

「俺にとっちゃどうでもいいことだ。あんたがここからはるばるサクソン人のお国まで商品のお供をするんだろ、ええ？」

　エイダルフはどちらともつかない返事をしておくことにした。

「まあいい」男は続けた。「寒いし、だいぶ遅いし、用がないならこれ以上こんなところをうろつくのはごめんだ。数は少ねえが、今回は二件だ。いずれは調達の範囲をひろげにゃならんだろうな。荷馬車はふもとに置いてきちまったのか？　上まで荷馬車で行けるってガブローンに聞いてなかったのか？　まあ、あれくらいなら歩きでもなんとかなるだろう。ガブローンとは奴が船から戻りゃカム・オーリンで落ち合えるだろうが、奴に会ったら伝えといてくれ、なにかと面倒になってきてる、船から戻りしだい金は払ってもらうが、仕入れ値はあがるいっぽうだ、とな」

　エイダルフは承知したふりで頷いた。このわけのわからない突飛な会話をやり過ごすには、そうでもするしかないという気がしたからだ。

「よし。モノはいつもどおり洞穴に隠してある。洞穴の場所はガブローンから聞いてるな？」

　エイダルフはためらい、かぶりを振った。「正確には」彼はいった。

　男は苛立たしげにため息をつくと、振り返って指さした。「この小径を二百メートルほど行くと、右手の斜面に低い岩肌が見える。花崗岩（かこうがん）のちいさな崖だ。洞穴の入り口は見りゃわかる。商品はそこに隠してある」

　男は空をちらりと見あげ、両手で襟を寄せた。

「じきに雨になる。この寒さじゃ霙になるかもしれん。じゃあな。俺のいったことをちゃんとガブローンに伝えてくれ。なにかと面倒になってきてる、とな」

男は自分の荷馬車に戻っていき、慌ただしく御者台に乗りこむと手綱を振るった。荷馬車は、隠れていてほとんど見えない狭い脇道へ入っていった。その道は東へ向かっており、その先はうねる山々へ続いていた。

エイダルフは動揺と混乱を隠せぬまま立ちつくし、男が遠ざかっていくのを見つめていた。

ガブローンの手下のひとりと間違えられたのは間違いないようだ。こんな荒涼とした場所で、あの船頭はいったいなんの商品を回収しようというのだろう、と彼は思った。ダラッハ・カリグ――〝オークの岩〟とは変わった地名だ。彼はもと来た方角をちらりと振り返った。商品を探しに別の者をやる、とガブローンは話していた。その者がすぐ近くまで来ているのではなかろうか? 追いつかれる前に、早めに行動したほうがよさそうだ。

彼は急ぎ足で小径を進みはじめた。二百メートルほどと思うところで見当をつけ、立ち止まって右手の斜面を見あげた。すると少し上のあたりに、丸い巨石や岩がごろごろと転がっている場所があり、山肌の一部が剝がれて、低い花崗岩の崖のようになっている部分があった。彼はためらいつつも、逆らいがたい好奇心をおぼえた。ガブローンの特別な商品とはいったいなんなのか、なぜそれをひとけのない洞穴に、しかもこんな寂しい片田舎の洞穴に置いてくる必要があるのか、確かめるくらいならよいだろう。彼はあたりを見わたした。

寒々しくどんよりと暗くなりはじめた風景には、人の気配はいっさいなかった。

エイダルフが岩肌をのぼりはじめると、やがて、なかでも大きな丸石の裏手に、崖といってもよいような、黒い岩の斜面があらわれた。まるで人の手で石を切り出したかのような、自然の産物とは思えないしろものだった。近づいていくと、平らな岩の庇(ひさし)の奥に、暗い洞穴の入り口があるのがわかった。

そこまでたどり着くと、エイダルフはしばらく立ち止まり、短いながらも険しい山道をのぼってきたせいで乱れた息を整えてから、一歩踏み出した。洞穴の中はぼんやりと薄暗かった。彼は洞穴の奥の暗がりに目を凝らしながら、立ったまま目が日陰に慣れるのを待った。

ふいに耳慣れぬ引っ掻くような物音がし、奥に動物がいるのかと思って彼はびくりと身を縮ませた。だがどこから物音がしたのかを目にし、彼は驚きのあまり呆然とした。

洞穴の一番奥に、人がふたり、岩に背中をもたせかけて地面に座りこんでいた。姿勢からして、ふたりは明らかに両手両足を縛られており、さらに近づくと、猿ぐつわまで噛まされていることがわかった。ふたりとも細い身体つきをしていた。暗がりの中で見えたのはそれだけで、それ以上のことはわからなかった。

「どなたか存じませんが」大声で朗々と呼びかけた。「私は、危害を加えるつもりはまったくありません」

そしてそちらへ歩み出た。

すぐさま、こもった痛ましげな呻き声があがり、彼に近いほうの人物が逃げようと身体をよじったものの、縛られているせいであまり動くことはできなかった。

「危害は加えません」エイダルフは繰り返していった。「ただし顔が見えるように、あなたがたを明るいところまで連れていかせてください」

近づいたことで相手が動物めいた唸り声をあげているのを気にもせず、彼は屈みこむと、近くにいるほうの縛られてもがいている人物を、半分持ちあげ半分引きずるようにしながら、洞穴の入り口まで連れていった。

大きく見ひらかれたふたつの怯えた目が、猿ぐつわの汚れたぼろきれの上から彼を見つめていた。

エイダルフは驚きのあまり、思わず飛びのいた。

恐怖に震えながら彼を見つめ返していたのは、十二、三歳にもならない、幼い少女の顔だった。

「さて、ファインダー修道院長殿」目の前の殺戮(さつりく)現場をひととおり眺めてから、フィデルマはゆっくりと口をひらいた。「ご説明いただきましょうか」

ファインダー修道院長はよく理解できないという表情で彼女を見返した。そして傍(かたわ)らにあるガブローンの死体と、手の中のナイフを見おろした。動物めいた奇妙な呻き声とともに、彼女はナイフを取り落とし、弾かれたように立ちあがった。目は血走っていた。

「死んでいます」彼女はかすれ声でいった。

「そのようですね」フィデルマも険しい声で認めた。「なぜです?」

「なぜ?」修道院長は呆然としたまま、おうむ返しにいった。

「なぜ彼は死んでいるのです?」フィデルマは問い詰めた。

修道院長はまばたきをし、訊かれたことの意味がわからないとでもいうように相手を見つめた。彼女がわれに返るまでにしばらくかかった。

「私が知るものですか」彼女は口をひらいたが、ふいに黙りこんだ。「あなたはまさか私を……? 私が殺したのではありません!」

「恐れながら申しあげますが、ファインダー修道院長殿」デゴが、フィデルマの肩越しに覗きこみながら口を挟んだ。「われわれが船に乗りこみ、船室の扉を開けたとたんにガブローンの死体が視界に飛びこんでまいりました。この出血の量からして、この男が刺殺されたのは一目瞭然です。あなたはこの男の頭の近くに跪いておられた。あなたの法衣は血まみれで、手にはナイフを持っていらっしゃる。これだけの場面をほかにどう解釈せよと?」

修道院長は冷静さを取り戻しつつあるようだった。彼女は腹立たしげにデゴを睨めつけた。

「失礼な! ファールナの修道院長を、このように下賤な殺人で告発しようとは、おまえは何様のつもりですの?」

往生際の悪い、とフィデルマは皮肉交じりに唇を歪めた。

「殺人に下賤もなにもございませんわ、院長殿。とりわけ、ここで起こった殺人事件に関しては。誰の目にも明白なものごとを指摘しないのは愚か者のすることです。まさかこの期に及んで、ご自分はこの殺人にいっさい関わっていないなどとおっしゃるおつもりではありませんね？」

ファインダーのおもざしは蒼白だった。

「私ではありません」興奮して声が割れていた。

「なるほど。甲板までいらしていただいてご説明いただきましょう」

フィデルマは扉の脇に立ち、修道院長に向かって船室を出るよう身振りで示した。甲板に出たファインダーは、眩しそうに陽光に目を細めた。

「ほかには誰も乗っていません」エンダが棘（とげ）のある口調で報告した。彼は船内をおおまかに見まわってきたのだった。「ここにはあなたおひとりのようですな、修道院長殿」

ファインダー修道院長は、甲板にある昇降口（ハッチ）の蓋の上にぺたんと座りこむと、自分の腰に両腕を回して前屈みになり、おのれを抱きしめるような恰好をすると、身体をちいさく前後に揺らしはじめた。フィデルマは彼女の傍らに腰をおろした。

「はかばかしくない事態ですわね」ややあって、フィデルマが穏やかにいった。「早急に説明していただかないことには、さらに最悪の事態を招きますよ」

ファインダー修道院長は顔をあげ、苦悶の表情を彼女に向けた。

「説明ですって？　私ではないといったではありませんか！　ほかになんの説明が必要だというのです？」

　その声には以前までの彼女らしい気性がよみがえっており、フィデルマは思わず苛立ちをおぼえ、唇をきつく引き締めた。

「よいですか、修道院長殿、むろん説明は必要ですし、さらに申しあげれば、私の満足のいく説明をお願いしたいものです」彼女はぴしゃりといった。「まずどういった経緯でここへいらしたのか、そこから説明していただくのが一番よろしいかと思いますが」

　修道院長の表情が一変し、かつての傲慢さが炸裂した。

「不愉快なものいいをなさいますのね、修道女殿。私を告発しようというおつもりですの？」

　フィデルマは気にも留めなかった。「私から告発する必要はありません。なぜなら状況がすべてを物語っておりますから。ですが私になにか話しておきたいことがあるならば、今のうちにお願いします。私はドーリイーとして、自分自身の目で見た証拠を報告せねばなりませんので」

　いわれたことの意味をしだいに理解し、衝撃のあまりにファインダー修道院長は相手を凝視した。口をぽかんと開け、しばらくの間は言葉も出なかった。

「けれども私はやっていないのです」ようやく彼女はそう口にした。「私を告発することなどできません。不可能です！」

「確か、ブラザー・エイダルフもほぼ同じことをいっていたはずですわ」フィデルマは彼女に告げた。「ところが彼ははるかに乏しい証拠で告発され、殺人罪で有罪判決を受けました。そして今あなたは、ナイフを手に、血まみれで、死体の上に屈みこんでいる現場を発見されたのです」

「ですが私は……」修道院長は、みずからの地位を引き合いに出しても無駄だと気づいたのか、口をぴたりと閉じた。

「ですがあなたは修道院長、かたやブラザー・エイダルフはただの旅の異国人、とおっしゃりたいのですか？」フィデルマが言葉を結んだ。「さて、ファインダー修道院長殿？　私どもはあなたが話してくださるのを待っているのですが」

院長は震えあがった。横柄な態度はなりをひそめ、彼女は肩を落として、いった。

「昨夜ガブローンに襲撃を受けたとあなたがたが訴えてきた、とファルバサッハ司教殿から聞いたのです」

フィデルマは辛抱強く待った。

「あなたがその手の嘘をつくことはまずない、とファルバサッハ司教殿がおっしゃいましたので、私はガブローンに説明を求めようと、ここへまいったのです」ファインダー修道院長は続けた。「ファルバサッハは信じたかもしれませんが、私はあなたの話を信じておりません。ガブローンは……」彼女は口ごもった。

「ガブローンは……なんです?」フィデルマが急かした。

「ガブローンはこのあたりで顔の知られた船商人です。もう何年も、私が院長となるはるか以前から、修道院と取り引きをしてきた相手です。あのような告発は修道院に対する侮辱に値しますから、当然ながら異議を申し立てねばなりません。ですから私はここを訪れ、ガブローンのいいぶんを聞きにまいったのです」

「つまりあなたは、ガブローンに対する私の告発が虚偽であると証明されることを期待してここへいらしたのですね? 続けてください」

「探した末に、ようやく〈黒丸鴉(カーグ)号〉がこの場所に係留されているのを見つけました。あたりにひとけはありませんでした。船室で物音がしたように思ったので、扉の前まで行き、ノックをしました。するとなにか重いものが倒れるような音がしたのです……今思えば、あれはガブローンが倒れる音だったのでしょう。ともかく、私はもう一度呼びかけて中に入りました。そこであなたがご覧になったままの光景を目の当たりにしたのです。そこらじゅう血だらけでした。まずあの男のことが気になったので、私は船室の奥へ入っていき、膝をついて座りました。すでに手遅れでした」

「つまり、それがあなたの衣服が血で汚れているという事実の説明なのですね?」

「それが、私の法衣が血まみれである理由ですとも、ええ」

「それから？」

「ナイフで切りつけられた傷を見て動揺しました。ナイフが見えて……」

「そのナイフはどこにありましたか？」

「死体の傍らに落ちていました。それが目に入り、手に取りました。なぜそうしたのかは自分でもわかりません。おそらく無意識にそうしていたのでしょう。私はただそこに跪いていました」

「そこへ私たちがあらわれたというわけですね」

フィデルマが驚いたことに、ファインダー修道院長はかぶりを振った。

「あなたがたがあらわれる前に、別のことがありました」

「なにがあったのです？」

「そのときはさほど重要とは思いませんでしたが、今になってみると大事なことだったような気がいたします」

「話してください」

「ぱしゃん、とちいさな水音がしたのです」

フィデルマは片眉を持ちあげた。「水音？　あなたはそれがなんだったと思うのですか？」

「犯人が船から逃げたときの音だと思うのです」修道院長はかすかに身を震わせた。

フィデルマは冷ややかな表情を浮かべた。「船は突堤に横づけになっていました。この船から離れるために、どうして川へ飛びこむ必要がありましょう。しかもこの寒い中を、です。それにもし、それがこの現場から去ろうとした犯人だったというならば、これで逃げろといわんばかりに、すぐそばにあなたの馬が繋いであるのですから、それを使うのが筋というものではありませんか？」

切り捨てるような論理を述べるフィデルマを、ファインダー修道院長は呆然と見つめた。

「この船に乗っていた誰かが、川に飛びこんで逃げたのです、間違いありません」彼女は譲らなかった。

「確かにそれは、この犯罪に関して自分は無実である、というあなたの主張を助けるものではありますわね」フィデルマも認めた。「ですが、この現場から誰かが逃げ出した、などという話は極めて受け入れがたいと申しあげねばなりません。ご覧なさい！」

そういって彼女は船が川に面しているほうを指し示した。このあたりから流れが速くなり、川幅も五メートル以上となって、水流の激しさも増していた。

「この川を泳いでいくつもりなら、よほど泳ぎの得意な者でなくてはなりません。反対側の川岸に降り立てばすむことなのですから、まともな神経の持ち主ならば、まずそのような手段をとるはずがありません」

ふとあることが頭に浮かび、フィデルマは眉根を寄せた。

「この激流の中を、ガブローンはどうやってこの船でここまで来たのでしょう？」

「たやすいことです」エンダが説明した。「この船をひととおり見まわったのですが、引き具用の留め金がありました。激流を遡る場合、二頭ほどの驢馬で川船を曳くという方法を用いることは珍しくありません、姫様。それ以外にも、竿を用いて船を進めるというやりかたもございます。よくあることです」

フィデルマは立ちあがり、あたりを見わたした。確かにエンダのいうとおりではあったが、まだどこか違和感を拭えなかった。

「ではその驢馬たちは今どこに？　誰がここまで連れてきて、そして連れ帰ったのですか？　そもそも、ガブローンの船の者たちはどこへ行ってしまったのです？」

彼女は昇降口の蓋の上に座り直すと、目を閉じて考えにふけった。なにか重要なことを見落としているような気がしてならなかった。なぜ船員たちはガブローンをひとりで残していったうえ、川を遡って船をこの場所まで運んでくるための驢馬までも連れ帰ってしまったのだろうか？　ファインダー修道院長のいう、自分はたまたまこの船に居合わせて、殺害されたばかりのガブローンを発見しただけだという話はこじつけとしか思えなかったし、しかも殺害犯が船縁から激流の川へ飛びこんで逃げたというのも突拍子もない話だった。くだらない。だがエイダルフの抗弁も、友人が殺害されるところを目撃したと主張するフィアルという少女の証言により、今回と同じようにくだらないと切り捨てられてしまったのかもしれなかった。フィデルマはふうっと深いため息をついた。

「とりあえず、今ここで私たちにできることはもうありありません」彼女はいい、立ちあがった。「デゴ、あなたはカム・オーリンへ向かい、コバの所在を確かめてきてください。砦(とりで)に戻ると話していましたし、彼はこの地域のボー・アーラです。この件について彼に知らせねばなりません。カム・オーリンにいなければ、ファールナに戻り、ファルバサッハ司教殿をここへ連れてきてください」

ファインダー修道院長は不安げな表情を浮かべた。

「いったいなにをなさるおつもり?」威圧的に響かせようとしたものの、その声は震えていた。

「法に従っているまでですわ」フィデルマは棘のある口調でいった。「あなたがたいそう気に入っていらっしゃる、刑罰を是とする『懺悔規定書(ペニテンシャル)』に従って法を執行するのか、それとも私どもの国の法体系に照らし合わせてあなたを有罪とし罰則を与えるのかは、この王国のブレホンしだいでしょうから」

ファインダー修道院長は恐怖のあまりに両目を見ひらいた。「けれども私はやっていないのです」

「あなたはずっとそうおっしゃっていますね、修道院長殿」意趣返しとばかりにフィデルマは答えた。「ブラザー・エイダルフもそうやって、告発されている罪に対し、やっていないと叫びつづけたのですよ!」

エイダルフは、少女を洞穴の入り口まで運んでくると、猿ぐつわを解いてやった。少女はあいかわらず、恐怖がありありと浮かんだ黒い両目を丸く見ひらき、彼を凝視していた。きつく縛られているにもかかわらず、見てわかるほどに身体を震わせていた。

「きみは誰なのです?」エイダルフが問うた。

「やめて!」返事は涙声だった。「お願い、痛くしないで」

エイダルフはなんとか安心させようと微笑みかけた。「危害を加えるつもりなどありませんよ。誰がきみをこんなふうに置き去りにしたんです?」

少女が恐怖を呑みこむまでに、しばし時間がかかった。

「あんたもあいつらの仲間?」娘は小声でいった。

「〝あいつら〟というのが誰のことなのか、私にはわかりません」エイダルフは答えたところでふと、縛られた人物が洞穴の中にもうひとりいたのを思いだし、奥へ戻ってそのもうひとりも連れてきた。こちらはようやく十三歳になっただろうかというくらいの少女で、餓死しかけのようにやつれ、ぼろぼろの身なりをしていた。彼が猿ぐつわを解いてやると、娘は泣きじゃくりながら荒く息をついた。

「あんたサクソン人ね、だったらやっぱりあいつらの仲間だわ」ひとりめの少女が怯えたように泣きだした。「お願いだからあたしたちにひどいことしないで」

エイダルフは首を振りながら、ふたりの前にしゃがみこんだ。彼のほうもまだ用心していた。信条として、たとえ相手が誰であろうと、その者たちが縛られているそもそもの理由を突き止めるまでは、縛め(いまし)は解かないことにしていた。かつて若い修道士が、正気を失った女を解放してやろうとして縄を解いたとたんに、その女に殺された現場を見てしまったことがあるからだ。

「きみたちがどこの誰だろうと、痛めつけようなどとはまったく思っていませんよ。まずきみたちが誰で、なぜ縛られているのか、そして誰がきみたちを縛ったのかを話してくれませんか?」

ふたりの少女は不安げに顔を見合わせた。

「そんなこと、あいつらの仲間なら知ってるでしょ」ひとりめの少女が挑みかかるように答えた。

エイダルフは辛抱強かった。「私はよそから来た者です。きみたちが誰なのかも、〝あいつら〟というのが誰なのかもまったく知りません」

「でも洞穴の中へあたしたちを探しに来たじゃない」ふたりめの少女が指摘した。もうひとりの娘よりもこちらのほうが頭が切れるようだ。「あの洞穴に偶然入ってくるなんてあり得ないわ。あいつらの仲間なんでしょ」

「もし私がきみたちに危害を加えるつもりだとすれば、きみたちが質問に答えようが答えまいが関係ない」エイダルフは指摘した。幼く見えるほうの娘が泣きじゃくりはじめた。「ですが」彼は厳しい声でつけ加えた。「もし私が単なる通りすがりのよそ者だったとしましょう。その私が、なぜきみたちが縛られてこの洞穴に置き去りにされたのか、理由さえ話してくれれば、場合によっては助けてあげてもよいといっているのです」

しばらくしてようやく、歳上とおぼしき少女が心を決めたとみえた。

「理由は知らないの」しばし考えこんでから、彼女はいった。

「ほんとなの」娘はいい張った。「昨日、あたしたちはそれぞれの家から男に連れ出されたの。そいつがあたしたちをここへ連れてきて、縛って置き去りにしてった。おまえたちはこれから遠くに連れていかれて、二度と家に帰れないんだ、ってその男にいわれたわ」

エイダルフは、少女の話が真実かどうかを確かめるように、まじまじと彼女を見た。まるで、自分の話している内容を現実と切り離そうとしているかのような、沈んだ、抑揚のない声だった。

「その男は誰です?」彼は問い詰めた。

「あんたみたいなよそ者だったわ」

「でも異国人じゃなかった」もうひとりの少女がいい添えた。

「もうすこし詳しく説明してもらったほうがよさそうですね。きみたちは誰で、どこから来たのですか?」

危害を加えられるかもしれない、という初めに感じた恐怖を取り除くことはとりあえずできたとみえ、少女たちの警戒心はいくらか解けたようだった。

「あたしはムィレクト」歳上らしき娘がいった。「家はここより北にある山のあたりよ。馬でもまる一日以上かかるわ」

エイダルフはもうひとりに向き直った。「きみは？」

「カナ」

「きみもムィレクトと同じところから来たのですか？」

少女はかぶりを振った。

「違うわ」ムィレクトが割って入り、かわりに答えた。「捕まって一緒にされるまで会ったこともなかったの。おたがいの名前だってたった今知ったばかりよ」

「それでなにがあったのです？　なぜ囚われの身に？」

少女たちはふたたび視線を交わし合い、無言のうちに、ムィレクトのほうが話すことに決めたようだった。

「昨日の朝の、夜明けのだいぶ前のことだったわ。父さんに起こされて……」

「お父上はなにを？」エイダルフが口を挟んだ。

「貧民よ。父さんはフィーアルだから、といってもセア・フィーアル[1]だけど」彼女は慌てて、そして自慢げにつけ加えた。

フィーアルがアイルランド社会における最下級の地位をあらわす言葉であることはエイダルフも知っていた。サクソン人社会でいう奴隷とさほど変わらない階層だ。クラン〔氏族〕の結びつきではなく、通常、罰則として公民権を剝奪された亡命者や戦における捕虜、人質や罪人などがこの階級に数えられる。フィーアルにはふたつの区分がある。デア・フィーアル、すなわち完全なる〈非自由民〉と、セア・フィーアル、すなわち厳密には〈自由民〉ではないが、下層階級の者に与えられる苦役を免ぜられる人々だ。セア・フィーアルの身分はたいてい、犯罪者ではない者に対して与えられるものなので、それゆえ、一定の社会的権利や免除をふたたび受けることもできた。王や領主より配分された土地を耕すことも許され、たいへん稀な例ではあるが、〈非自由民〉からケイリヤ[2]、すなわち〈自由民〉のクランの一員に昇格することも不可能ではなく、ボー・アーラ、すなわち土地を持たぬ族長および地方代官という地位にまでのぼりつめることすら夢ではなかった。

わかった、とエイダルフはさりげなく示した。

「父さんはちっぽけな土地しか与えられてないの」ムィレクトが続けた。「なのに、領主様はビアタッド、つまり〈食物賃借料〉を納めろとおっしゃるの。だから年に二度、父さんは〈共同備蓄〉から借りたぶんを払わなきゃならないのよ」

エイダルフもその仕組みについては知っていた。〈非自由民〉であるか否かにかかわらず、フィーアルはクランの〈共同備蓄〉から、牝牛や豚、穀物、ベーコン、バター、蜂蜜といったものを借りることができた。ただし、借りたものの価値の三分の一を毎年、七年間にわたって返済するというのが条件であった。完済すればその備蓄は彼らの財産となり、それ以上の支払いは必要ないとされた。セア・フィーアルは、戦のさいに長（おさ）である者の兵として奉公するか、あるいは長の土地で定められた日数ぶんの労働につくかの二択を強いられた。条件に縛られない奴隷制度が日常である社会からやってきたエイダルフは、社会において〈非自由民〉がそうした貸し付けを受けることができるうえ、働くことである程度の自由を手に入れることができるという考えかたを、変わった概念だと常々思っていた。与えられた土地も貧しく、管理能力も乏しければ、そうした貸し付けは、状況によっては貧困から脱却する手段ではなく、むしろさらに貧しい暮らしへ陥っていく原因となりかねぬだろう。

「続きを話してください」彼はいった。「昨日の朝、お父上がきみを夜明け前に起こした。それから?」

そのときのことを思いだし、ムィレクトは痛ましげに鼻をすすった。

「父さんの目は真っ赤だった。泣いてたわ。着替えて、長い旅に出る準備をしなさいって父さんがあたしにいったの。なんの旅、って訊いたけど、答えてくれなかった。あたしは父さんを信じて、一緒に家の外に出たわ。見送ってくれる母さんの姿も、妹の姿もなかった。家の外には男の人がひとりいて、荷馬車を牽いてた」

そのときの光景がよみがえったのか、彼女はふと口ごもった。

エイダルフは辛抱強く待った。

「あたしもおんなじ」もうひとりの少女、カナがぽつりといった。「父さんはデア・フィーアルだけど。母さんはいないの、三か月前に死んじゃったから。だからあたしが料理や掃除をしてたんだ」

ムィレクトに睨みつけられ、歳下とおぼしき少女は黙りこんでしまった。

「家の外に出ると、父さんが……」ムィレクトはふたたび話しはじめたが、ふいに口ごもり、目に涙をためた。「父さんがあたしの両腕を摑んだの。さっきの男の人があたしを縛りあげて猿ぐつわを嚙ませて、荷馬車にほうりこんだ。荷馬車の木の板の隙間から、父さんが、チャリンチャリンて音のするちいさな袋を受け取ってるのが見えたわ。父さんはその袋をぎゅっと胸に握りしめて、急いで家の中に戻ってった。それからさっきの男の人が荷馬車に乗りこんできて、あたしの上に枝をかぶせて、荷馬車を出発させたのよ」

娘は突然声をあげておいおいと泣きはじめた。どう慰めたらいいのか、エイダルフは途方に暮れた。

「あたしもそう」もうひとりがいった。「荷馬車にほうりこまれたら、この子が先に乗ってたの。あたしたちふたりとも縛られてて、猿ぐつわもされてたから喋れなかったけど。あたしたち、昨日の朝からなんにも食べてないしなんにも飲んでないのよ」

あまりにもひどい話で到底受け入れがたく、エイダルフはふたりをただ呆然と見つめた。

「つまりきみたちの父親が、荷馬車に乗った男にきみたちを売ったというのですか？」

ムィレクトは懸命に涙をこらえ、暗い顔で頷いた。

「それ以外のなんだっていうの？　聞いたことがあるわ、貧乏な家族に売られた子どもが、ほかの国へ連れていかれて……」彼女は言葉を探した。

「奴隷にされるんですね」エイダルフはぽつりと呟いた。そうしたことが多くの国でおこなわれていることは知っていた。ガブローンが川を行き来してどんな商売をしていたのか、これで明らかになった。彼は少女たちを家族から買ってはロッホ・ガーマンの沿岸まで運び、そこで、サクソン諸王国やフランク人の国へ連れていく奴隷として売っていたのだ。貧しい人々の中には、みずからの貧困状況を打開すべく、幼い娘を売るという手段に頼らざるを得ない者たちも少なくなかった。エイダルフはこれまで、アイルランド五王国においては、個人的にはそうした取り引きの場を目の当たりにしたことはこれまでなかった。この国の法体系は、極貧に陥る者がけっして出ないように設計されているとみえ、ひとりの人間が別の人間を奴隷としていっさいの自由を奪うという考えとはまるでかけ離れていたからだ。ふたりの少女の告白は、エイダルフにとっては衝撃だった。

突然、ミヤマガラスが鋭い鳴き声をあげて近くの高木から飛び立ち、エイダルフは思わずびくりとして不安げに顔をあげた。そういえば、ガブローンの手下のひとりがこの少女たちを連れていくために山へ入ってくるのではなかったか。

「悪い連中がきみたちを連れに来る前に、ここを離れねばなりません」彼はいい、前屈みになるとナイフを出した。彼は少女たちの両足首を縛りあげていた縄を切り、さらに両手の縛めも解いた。「さあ、行きましょう」

ムィレクトは手首と足首をさすった。

「もうちょっと待って」彼女は抗った。「縛られてて血の巡りが悪かったから、手も足も痺れてるの」

カナも血を巡らそうと、その真似をした。

「しかし、急がなければ」危険が迫っていることに気づいたエイダルフはふたりを促した。

「でもどこへ行くっていうの？」ムィレクトがいった。「うちへは戻れないわ……こんなことがあったあとじゃ」

「そうですね」少女たちが立ちあがるのに手を貸しながら、エイダルフも認めた。彼女らはしばらくの間、痺れを取ろうと足を踏みならしていた。エイダルフは困惑して眉根を寄せた。このふたりを連れてファールナには戻れない。そのときふいに、ダルバッハの話していた、イエロー・マウンテンの教会のことを思いだした。「きみたちのうちで、このあたりに詳しい人はいませんか？」彼は少女たちに訊ねた、

ふたりとも、否、とかぶりを振った。

「こんなに南のほうまで来たことないもの」ムィレクトが彼にいった。

「イエロー・マウンテンという山があるんです」エイダルフはいった。「ここより西にある、ファールナを見おろす山です。そこに、聖ブリジッドを祀った教会があると聞いています。どうするのが最良かを決めるまで、きみたちはそこで庇護を得られるはずです。そこまで私と一緒に来てくれますか？」

ふたりはまたもや目を見交わした。ムィレクトがまるで他人事のように肩をすくめた。

「ほかにどうしようもないもの。あんたと一緒に行くわ。名前はなんていうの、よそ者さん？」

「私はエイダルフといいます。ブラザー・エイダルフです」

「やっぱり合ってたんじゃない。だって異国人でしょ」ムィレクトが勝ち誇ったようにいった。

エイダルフは苦笑いを浮かべた。「この王国を通り過ぎようとしていた旅人ですよ」彼はそういってとぼけてみせた。

ミヤマガラスの群れが眼下の渓谷でやかましい鳴き声をあげはじめ、エイダルフは不安げにそちらを見おろした。なにかに、あるいは誰かに、鳥たちが気づいて騒いでいる。これ以上のんびりしているわけにはいかなかった。

「たぶん、きみたちを捕まえた男の待ち合わせ相手がこちらに近づいてきています。できるだけ急いで移動しましょう」

第十七章

フィデルマは、昇降口(ハッチ)の蓋の上に座りこんでいるファインダー修道院長をエンダに託し、その場を離れてガブローンの船室に戻った。扉のすぐ内側に立ち、室内の殺戮(さつりく)現場に視線を据えた。川船の船頭は、胸のあたりと腕を少なくとも五、六回は刺されていた。凄まじく残忍な襲撃であったことは疑いようもなかった。衣服に血がつかないよう、彼女は慎重に死体の脇へ回り、入念な検分を始めた。

最も深い傷は喉の傷で、襲撃者はナイフを上向きに突き刺し、刃の長さいっぱいを使って、そのまま横へ喉を掻き切ったと思われた。胸や腕についたそのほかの傷は、ナイフの先でめった刺しにした跡のようだ。規則性はなく、急所を狙ったものではなさそうだった。だが喉の裂傷は頸静脈まで達しており、これが致命傷であると考えて間違いないだろうと思われた。それ以外の刺し傷は、怒りにまかせてひたすら突き刺したもののようだった。

はたして、ファインダー修道院長にこのようなことができるだろうか？　とはいえいかなる者であろうとも、追い詰められれば凄まじい暴力を振るえるということを、フィデルマは身をもって知っていた。だが、どういった怒りがファインダーをそうさせたのだろうか？

この点について考えを巡らせながらふと、自分がなにかを見るでもなく見つめていることに気づいた。そこでその場所に意識を向けてみた。掻き切られた喉の傷は、ナイフによる傷ではなかった。修道院長が床に取り落とした小ぶりのナイフで切りつけた傷とは明らかに違う。

フィデルマは意を決してさらに近づいた。切り傷は剣によってつけられたものだった。間違いない。下から上に向かう傷は肉を裂いただけでなく、その衝撃によって顎の骨が砕け、下顎の歯も何本か弾(はじ)け飛んでいたからだ。相当強い一撃でなくてはこのような傷にはなるはずがなかった。

明らかな事実を初めに見落としていた自分を心の内でたしなめながら、フィデルマは素早く周囲を見わたしたが、恐ろしい致命傷を与えたとおぼしき凶器は見当たらなかった。彼女は修道院長が手にしていた小ぶりのナイフを拾いあげ、男の胸や腕に五、六か所ある刺し傷に当ててみた。この凶器によるちいさな傷がほかにも何か所かあったが、そのいずれも致命傷とはならなかったであろうことは一目瞭然だった。

屈みこんでいる間に、別のものがふと注意を惹いた。前屈みになっていなければ気づかなかっただろう。それはちいさな毛髪のかたまりだった。見比べると、それはガブローンの髪の毛だった。何者かが彼の髪を鷲掴みにし、毛根から引き抜いて床に落とした、というように見えた。毛根にはわずかながら血がついていた。

彼女はナイフをもとの場所に置いて立ちあがったが、そこで一歩さがったとき、がしゃん、となにかが足に当たり、金属が床板にこすれた音がした。彼女は足もとを見おろし、思わず両目を見ひらいた。金属でできた枷だった。小ぶりで、手首を拘束するためのものであるように見えた。それが床に転がっていた。手枷の部分はひらいており、鍵も鍵穴に差さったままだった。

踵を返そうとしたそのとき、さらに別のものが目に入った。撚り糸のようなものが、船室に設えられたテーブルの脚から突き出た釘に引っかかっていたのだ。何者かが衣服をこすって引っかけたようだ。撚り糸は、よく修道士や修道女がまとっている法衣に用いられている、褐色に染めた手紡ぎの羊毛だった。彼女は考えこみながら、細い繊維を釘から外すと、自分のマルスピウム（携帯用の小型鞄）の中にしまった。

フィデルマは立ちあがると、現在の状況についてじっくりと考えてみた。パズルのピースがいくつか集まったというところだ。いずれのピースも、ガブローンの最期の瞬間という絵図にぴったりとはめこむことができた。もし、殺していない、というファインダー修道院長の話を、とりわけ自分は扉の外にいて、そこでガブローンが倒れる音を聞いた、という主張を信じるならば、殺害犯はそのときまだ船室内にいたことになる。だがそれは明らかにあり得ない。もしそうだったとすれば、ファインダーは犯人の姿を見たはずであり、そのまま襲われていたはずだからだ。フィデルマは、人が倒れた音が甲板まで響いたと思わせるような、そんな音をたてるような重いものがなにかまわりにありはしないかと、注意深く周囲を見まわした。だがガブローンの死体以外に、そのようなものはいっさい見当たらなかった。
つまりファインダーが見え透いた嘘をついているか、あるいは修道院長が扉を開ける直前に、犯人が船室から一瞬にして逃げたかのどちらかだった。フィデルマは今一度、船室の中をくまなく見わたした。

床につくられたちいさな跳ねあげ戸は、目を凝らさねば気づかぬほどのものだった。ちいさな蓋を持ちあげて暗がりを覗きこんでみると、中は狭くてフィデルマではとても入れそうになく、しかも奥は真っ暗でなにも見えなかった。

彼女はサイドテーブルに置いてあったランプを手に、甲板へ戻った。

「そこの昇降口の蓋を開けてください、エンダ」彼女は近づきつつ呼びかけた。修道院長をちらりと見やったが、彼女がまとっているのは褐色の手織りの法衣ではなく、豪華な毛織物の黒い法衣だった。ファインダー修道院長は蓋の上から立ちあがって脇によけ、武人が軽々と蓋を開けた。

「今度はなんです、姫様？」エンダが訊ねた。「なにか発見なさったのですか？」

「ちょっと調べているだけです」彼女は説明した。

蓋を開けて下甲板へ続く踏み段をおりていくと、すでにそこには角灯（ランタン）がともっていた。踏み段は広い船室に続いており、舳先（へさき）側の、梯子（はしご）で仕切られたその向こう側には貨物倉があった。覗いてみると貨物倉は空っぽで、梯子の先には空が見えていた。

フィデルマはおりてきたばかりの船室をじっくりと調べはじめた。ひと目見て、船を出したときにはここがガブローンの船の者たちの寝床になる場所だとわかった。船の端に近い幅の狭くなったあたりに、もうひとつちいさな仕切りがあった。ちょうどガブローンの船室の真下あたりだ。この奥にある場所が、ガブローンの船室にあるあのちいさな跳ねあげ戸に通じていることは間違いなかった。船員たちの居室にさげてあった小ぶりの角灯から、持ってきたランプに火を移すと、彼女はちいさな扉を開けた。扉には鍵がついていたが、鍵は内側の鍵穴に入っていた。それぞれ形の異なる別の鍵が三本、敷居のすぐ手前にちらばっているのがふと気になった。

次に気づいたのは臭(にお)いだった。船員たちの居室よりもさらにひどい臭いだ。そこで誰かが監禁状態に置かれていたことを示す、小便のつんとする悪臭と汗の臭いがした。だがその場所はひじょうに狭く、せいぜい幅が二メートル、奥行きが二メートル半というところだった。その空間には、藁(わら)布団が二枚と古びた革の汚水桶のほかにはなにもなかった。天井の高さも二メートルに満たず、フィデルマの身長では、この狭い監禁部屋に楽々と入ることはまず無理だった。しかも上の跳ねあげ戸に続くちいさな梯子のせいで、空間はさらに狭(せば)まっていた。

なにに使われていた場所だろうか、とフィデルマは思った。反省室だろうか？　もしそうなら、誰を入れるために？　仕事をさぼった船員だろうか？　遠洋船では船員にそうした罰が与えられることもあるとフィデルマも知っていたが、船員が逃げようと思えばいつでも岸へ戻れる川船では、まずそのようなことはあり得ない。手にしたランプを掲げてみると、木の破片がいくつも落ちているのが目に留まった。なにか、木製の太い肋材にかなり頑丈にくくりつけてあったものを、木を削ってえぐり取った跡のように見えた。下を覗きこむと、床にそれなりの長さの鎖と、尖った金属片が落ちていた。誰かがこの尖った金属片を用いて、肋材に固定されていた鎖とその留め金を無理やりえぐり取ったことは疑いようもなかった。だがなぜ？　そして誰が？　扉を出て戻ろうとしたそのとき、甲板に続く昇降口の手前に血痕があることに気づいた。べっとりと血で汚れた足跡が船室を横切っており、奥へ行くにしたがって薄くなり、最後は消えていた。

　フィデルマは無言でふたたび甲板にあがり、ランプを消した。エンダと修道院長は落ち着かないようすで待っていた。彼女は蓋を戻すようエンダに身振りで伝えると、自分は船縁に向かい、困惑しつつ、激しく流れる川をじっと見つめた。甲板には血で汚れた足跡などいっさい見当たらなかった。

　ファインダー修道院長が真実を語っているということもあり得るのだろうか？　だがそれでは筋が通らない。何者かがガブローンを殺害したあと、ファインダーがあらわれたことに驚いて、慌てて船室の下のあの不気味な小部屋に入り、さらに踏み段をのぼって甲板へ出て、船縁から川へ飛びこんだ、と？　いや、それにはひとつ辻褄の合わない点がある。甲板の昇降口の蓋は閉まっていた。あれを開けるには、誰か力のある者が外からどけてやらねばなるまい。音もしたにちがいなく、であれば修道院長が気づいて、なにかしらそのことについて触れたはずだ。彼女は踵を返し、引きつづき考えを巡らせながら貨物倉のあたりへ向かい、下を覗きこんだ。むろんそこにも梯子があった。誰かがここをあがって甲板に出てきたという可能性は捨てきれない。

その仮説が成り立つとしよう。だがガブローンを殺害した犯人がそのような経路で逃亡したとするならば、よほど小柄なほっそりとした人物でなくては、ガブローンの船室にある跳ねあげ戸からあの小部屋におりていくことは不可能だ。フィデルマは頭を振り、甲板の昇降口の蓋の上にふたたび腰をおろしていたファインダー修道院長のもとへ戻った。

「エンダ」彼女は武人に呼びかけた。「馬を見てきてもらえますか?」

彼は戸惑いを見せた。「馬ならご心配におよびませんが、姫様――」そこで相手の冷ややかな視線に気づき、彼女が修道院長とふたりきりで話をしたがっているのだと悟った。「承知しました」彼はいい、しゃちこばったようすでその場をあとにした。

フィデルマは修道院長の前に立ちはだかった。

「私たちは真剣に話し合わねばなりません、修道院長殿、階級や職務といった能書きはとりあえずいっさい抜きでお願いします。そのほうが私の仕事も早く終わりますので」

単刀直入なものいいに、修道院長は驚いたようすでまばたきをしながら彼女を見あげた。

「これまでも充分、真剣に話し合ってまいりましたでしょう」彼女は苛立たしげに、ぴしゃりとい返した。

「充分ではなかったようです。むろん、あなたがご自身のお選びになるドーリイーを代理人として立てたいのは山々でしょうけれど……」

「申しあげましたでしょう、私はこの殺人といっさい関係ないと！　まさか犯していない殺人罪で私が告発されるとでもおっしゃるの？」

「なぜそうならないといえるのです？　じっさいにそうなった者がほかにいたではありませんか」フィデルマは平然と答えた。「ですが、あなたがご自身でお選びになるドーリイーにどう説明なさるおつもりか、私は別に知りとうございませんが、とにかく今私は、この数週間にこの地で起こった数々のできごとに関わりがあると思われることについて、あなたにいくつかお答えいただきたいのです」

「いやだといったら？」

「私も、加えて私の供の者たちも、あなたがナイフを手にガブローンの死体の上に屈みこんでいた現場の目撃証人なのですよ」フィデルマは容赦なく指摘した。

「お話しすべきことはすべて申しあげました」修道院長は不服そうにいった。

「すべてでしょうか？　先だって、私は姉君のディオグとも話をしたのですが」

効果は抜群だった。修道院長は蒼白になり、驚愕に唇がわずかにひらいた。

「姉にはなんの関係も――」彼女はいい張ろうとしたが、フィデルマが即座に遮った。

「私の訊問においてなにが必要な情報であるかは、私が判断いたします。遠回しないいかたはおたがいにやめましょう、ともかくなんらかの答えをいただきたいのです！」

ファインダー修道院長は肩を震わせてため息をつき、諦めたように俯（うつむ）いた。

「あなたはラヒーンの貧しい家庭に育ったそうですね。姉君から伺いました。タイモン修道院の修道女見習いだったとも――」

「たいそうお忙しく動いていらしたようですわね」修道院長は皮肉をこめて答えた。

「そののちにボッビオへ行く決意をなされたのですね？」

「コロンバヌスの修道院設立に向けての使節として派遣されたのです。私はボッビオの図書館への進物として、数冊の書籍を携えてまいりました」

「あなたがローマ・カトリック教会派の宗規を支持するようになったいきさつはどういったものだったのです？」

ファインダー修道院長の声が一瞬、凄まじい熱を帯びた。

「私がボッビオに到着したのは、コロンバヌスの逝去からまだわずか四十年という頃でした。そこにいた聖職者たちの多くが、彼がアイルランドの修道院の宗規をもとに立案した『懺悔規定書（ペニテンシャル）』を、見当違いのものと考えていました。コロンバヌスは弟子たちに慕われたいっぽうで、彼らと熱く意見を交わし合いました。彼の弟子であった〈福者（ブレッシド）ゴール〉[1]は、コロンバヌスがボッビオへ向かうさい、アルプスの手前で彼のもとを離れることとなり、その地でみずからの共同体を設立しました。私は西欧諸国の教会における共同社会がいかに律されているかを目の当たりにし、われわれはアイルランド・カトリック教会派の掟を捨て、〝ヌルシアの聖ベネディクトゥス〟(2)の定めた掟を用いるべきだとする集団の一員となったのです」

「つまりあなたがそうなさったのは信念に基づいてのことだったのですね?」

「むろんです」

「そしてローマに渡ったのですね?」

「ボッビオの修道院長殿から直々(じきじき)に、ローマへ行き、そこで巡礼者たちの宿泊所となっている小修道院を手伝ってくれぬかとお声がけいただいたのです」

「みずから進んで行ったわけではない、というふうに聞こえますが?」

「初めは気が向きませんでした。修道院長殿が、みずからの管理下に私という反対派を置いておきたくないがゆえの方便だろうと感じたからです。私はベネディクトゥスの定めた宗規のもとに宿泊所を切りまわし、まさしくキリスト教世界の中心地に住まい、尽くしました。

『懺悔規定書』の恩恵について学んだのもかの地でのことです」

「ノエー前修道院長とはどのようにしてお知り合いに?」

「お話しするほどのことはありません。昨年の夏にあのかたがローマへ巡礼の旅にいらしたさい、私の宿泊所にお泊まりになったのです」

「それまで会ったこともなければ、血縁もなかったのですか?」

「ありません」

「それなのに、ともにラーハンへ戻ってファールナの修道院長になってほしいと口説かれたのですか？」

「あのかたはファールナの話をしてくださいました」修道院長は悦に入っていた。「連れていってくれと口説いたのは私のほうですわ」

「それはどういったいきさつで？」

「ローマでの、私が宿泊所を切りまわす手腕がお気に召したのではないですか」修道院長はふたたび慎重な口ぶりになった。

「彼は『懺悔規定書』に対するあなたの見解を知っていたのですか？」

「あのかたとは、そうしたことについて夜になるまで長々とお話ししたものです。こう申しあげてはなんですけれど、あのかたをこちらの考えに転向させたのは私ですのよ」

「そうだったのですか？　あなたはよほど弁の立つかたなのでしょうね」フィデルマがいった。

「当然のなりゆきです。ノエー前修道院長殿はひじょうに革新的な考えをお持ちですから。あのかたは『懺悔規定書』に基づいて王国を統治するという私の考えに共感してくださり、どうすれば若きフィーナマルがあのかたを信仰上の顧問官にしてくださるか、ふたりでじっくりと話し合いました。顧問官となり聴罪司祭となれば、その件に関して発言権を得られますから」

「そこでノエー前修道院長は急激に野心を抱いたというわけですね。それであなたはいかにして、ファールナにおける彼の後継者となりおおせたのです？　そもそも修道院長というものは、男であるにせよ女であるにせよ、族長やそのほかの長を選ぶときと同じ方法で——すなわち修道院長のフィニャ〔一族〕あるいは彼の一門から、つまり彼の修道院に属する者か、または彼の血縁の者の中から——候補者を選び出し、さらにその中からデルフィネが選出する、というのがならわしのはずですが」

ファインダー修道院長は顔を赤らめ、返事をしなかった。

「姉君から伺いました、あなたの家系とノエーの家系にいっさい血縁はなく、彼のファールナの修道院ともなんの関わりもない、と。往々にして、教会の組織とは民の組織を反映しているものです」

「それを変革するには、早ければ早いほどよいのです」

「その点は私も同感です。司教や修道院長といった役職を、何世代にもわたって同じ一族が占めるべきではないと思います。ですが現実問題として、ノエーはいかなる手であなたをその役職に選出させたのです？」

ファインダー修道院長はほんの一瞬唇を固く閉ざし、それから張り詰めた声でいった。

「あのかたが私を遠縁の者であるとほのめかしたので、それ以上ノエーの希望に疑問を差し挟む者はいなかったのです」

「修道院執事（ラクテレ）もですか？　彼女は真実を知っていたはずです。王家に繋がる者なのですから」

修道院長は、シスター・エイトロマの名など聞きたくないとばかりに顔を歪めた。

「あれは、修道院を切り盛りしてさえいれば満足していられるつまらない女です」

フィデルマは、探るようなまなざしで修道院長をじっと見据えた。

「じっさいのところ、あなたがノエーを転向させたのは、あなたが彼の情人になったからではないのですか？」

唐突な鋭い質問に修道院長はふいを突かれ、さらに彼女が顔を赤らめたことで、その質問に対する答えも明らかとなった。フィデルマは無念そうにかぶりを振った。

「ラーハンの聖職者たちが自国の修道院をどのように取り仕切ろうが私の知ったことではありませんが、それがエイダルフの件に影響してくるとなれば話は別です。あなたとノエーのじっさいの関係を、ファルバサッハは知っているのですか？」

「知っています」修道院長がか細い声でいった。

「この王国のブレホンとして、司教殿はずいぶんと法をねじ曲げていらっしゃるようにお見受けしますけれど」

「ファルバサッハ司教殿が法を破ったりねじ曲げたりしたところなど、私は見たことがございませんわ」

「さんざんご覧になってきたはずです！　ファルバサッハもあなたの情人なのですから。それが真実なのでは？」

修道院長は一瞬答えに詰まったが、やがていいわけがましくこういった。「ノエーを愛していると思っていたのです、この地へやってきてファルバサッハと出会うまでは。そもそも、教会には禁欲を守れという規則はありません」

「確かにそのとおりです、ただしあなたが従えと主張している宗規においてはその限りではありません。あなたがたの微妙な三角関係は、あなた自身の良心の問題であるとともに、ファルバサッハの奥方の問題でもあります。彼は既婚者だと聞いています。あなたがたの関係を理由として離婚に踏み切るか、あるいはじっと耐えて現状を受け入れるのか、奥方は考えねばならぬでしょう。ファルバサッハとのことをノエーは知っているのですか？」

「とんでもありません！」あまりの屈辱に、ファインダー修道院長は顔を真っ赤にした。

「ノエーとは終わりにしたいのですが……」

「修道院長にしてもらった手前難しい、というわけですか？」

「ファルバサッハを愛しているのです」もはや噛みつくような調子だった。

「ですがそれでは、とりわけローマ・カトリック教会と『懺悔規定書』の大義を掲げる人々の間に、よい醜聞の種をまくこととなります。そのついでに興味本位で伺いますが、あなたはなぜ、ダグを義兄として、またディオグを姉として認めようとなさらなかったのです？

ご自身の社会的地位を守るためだったとはとても思えないのですが」

「ディオグの家には定期的に訪れております」ファインダーがいい返した。

「そうでしょうとも、ですが人の目を忍んで訪れていますね、なぜなら彼女の家はひとけのない場所にあり、あなたとファルバサッハが密会するのにうってつけだからです」

「ご自身ですでに答えていらっしゃるではないですか。けっして揺らぐことのない社会的地位をお持ちのあなたにはおわかりにならないでしょうね。そのようなものを持たず、必死にそれを手放すまいとする人間は、自分が手にしたものを守るためであればなんであろうと――たとえどんなことであろうと――できるものなのです」

その声には激しい熱がこもっていた。

「〝たとえどんなことであろうと〟?」フィデルマはしみじみといった。「そう考えてみると、ダグの死は、あなたの地位を守るのに都合のよいできごとだったように思えますね」

「あれは事故です。彼は溺死したのです」

「ガブローンただひとりの主張によって、彼がブラザー・イバーの唯一の目撃者だとされていることはあなたもご存じですね? あれはほんとうにイバーの犯行だったのかと、ダグはかなり思い悩んでいたようですが?」

フィデルマが次々と話の矛先を変えるので、ファインダーは途方に暮れているようだった。

「そのようなことはありません。そもそもブラザー・イバーを捕らえたのはダグです」

「ですがダグがイバーを捕らえたのは、彼が犯人だとガブローンから聞かされたあとのことです。はたしてガブローンがダグに告げたことは真実だったのでしょうか？　しかもダグはなぜ、団長になったとたんに、じつに都合よく消されてしまったのでしょう？」

ファインダーの顔はもはや怒りで引きつっていた。

「あれは事故です。彼は溺死したのです――先ほどから申しあげているはずです。そもそも私にはいっさい関係ありません」

「ダグが生きていれば、この件はもうすこし明らかになったでしょうに。これぱかりはどうしようもありません。そのうえ、このことについて話ができるはずだったもうひとりの人物も亡くなってしまいました」彼女はガブローンの船室を身振りで示した。

ファインダー修道院長は立ちあがり、フィデルマの正面に立った。まるで、かつての威厳に満ちた自分をすこしでも取り戻そうとしているかに見えた。

「あなたがなにをおっしゃっているのか、なにをおっしゃりたいのか、私にはわかりかねます」彼女は冷たくいい放った。「あなたはただ、あのサクソン人のご友人を無実となさりたいがために足掻いていらっしゃるだけでしょう。私を糾弾し、私と恋仲であるということで、ファルバサッハ殿をも陥れようというのですか」

「拝見していますと」フィデルマは受けて立った。「なにがおこなわれているのかは存じませんが、ファールナでは人死にや失踪が跡を絶たないようではありませんか。あなたが主張しておられるように、後ろ暗いところがないならば、まずそのことに思いを巡らせて当然のはずです」

ファインダー修道院長は立ちつくしたまま、黒い目を見ひらいてフィデルマを見つめていた。そのおもざしはすっかり青ざめていた。彼女が一歩踏み出し、口をひらきかけたとき、かん高い悲鳴が川岸の林の中から響きわたった。

一瞬、修道院長もフィデルマも不安げに凍りついた。ふたたび女性の金切り声があがった。フィデルマが川岸を振り返ると、木立の中からちいさな人影が走り出てきた。闇雲に走ってきたとみえ、行く手が川で遮られていることに初めは気づいていなかったのか、土手に飛び出したところで急停止した。それからシギのようにくるりと方向転換すると、首をすくめて全速力で逃げ出した。

「エンダ！　急いで！」フィデルマは声をあげ、川岸に向かって走りだした。

それが痩せた身体つきの少女であることに、彼女はすでに気づいていた。衣服はびしょ濡れで、しかも裸足だ。

エンダは前に飛び出し、少女が茂みの中からあらわれるであろう場所で待ち伏せた。追いつくのはたやすかった。ほんの数歩大きく踏み出しただけで、彼は少女の痩せた片腕を摑んでひねりあげた。娘はべそをかき、喚きながら、自由なほうの手で彼を殴りつけていたが、まるで効いてはいなかった。

フィデルマはとうに、木の突堤から飛びおりてエンダのもとに向かっていた。

彼に駆け寄ったそのとき、木々と茂みの奥の小径から複数の馬が近づいてくる気配を感じた。振り向いて見あげると、ファルバサッハと武人のメルが驚いた表情で手綱を引き、荒く鼻息をついているそれぞれの馬たちを止まらせた。

目の前にいるひどいありさまの娘に、彼女はもう一度向き直った。

「あいつらに追いかけられてるの！　殺される、お願い、助けて！」娘が喚いた。せいぜい十三歳くらいであろうと思われた。

「だったら暴れないで」フィデルマはなだめるようにいった。「けっして危害は加えませんから」

「殺される！」娘は泣きじゃくった。「あいつら、あたしを殺すつもりよ！」

フィデルマは、誰かが傍らにやってきたのを肩のあたりに感じた。ファインダー修道院長だ。

修道院長の声は動揺していた。「シスター・フィアルです」彼女は息を呑んだ。「探しましたよ、修道女殿」

フィデルマは、濡れ鼠の少女を見やった。

「服がずぶ濡れですが」彼女はいった。「川を泳いだのですか？」

エイダルフがふたりの少女を連れて山並みを越えるには、かなりの時間がかかった。とはいえ、四百メートルを超える山はふたつだけだったので、山並みと呼んでは大げさかもしれなかった。問題は高低差ではなく、岩がちな剝き出しの山肌と、苛酷な目に遭っていた少女たちがただでさえ弱っているという点だった。エイダルフ自身も、独房に数週間閉じこめられていた中、なんとか健康を保とうとはしていたものの、万全な体調とは到底いえなかった。三人は頻繁に休憩を取りながら、ひたすら上をめざした。

彼らはまず北へ向かい、山岳地帯の北東の端をめざしてから、さらに南西へ旅を続けた。彼方にイエロー・マウンテンの聳える影を認め、エイダルフは、とにかくすこしでも楽に、そして無闇に人の目に姿を晒すことなく夜を明かすには、やはりダルバッハの助言に従い、南側の斜面にあるという〝キルデアの聖ブリジッド〟の祀られた教会とやらをめざし、ささやかな庇護を求めるのが一番よいだろうと考えた。だが日はみるみる傾いていった。どうやら長い旅になりそうであり、日暮れまでに到着できるとはとても思えなかった。

第十八章

デゴがコバと彼の武人たちを数人連れ、船の傍らに戻ってきていた。フィアルとその追っ手に出くわすという、ふいのできごとから数分も経たぬうちのことだった。コバの提案により、みなでカム・オーリンの彼の砦に戻り、話し合いをするべきだということになった。フィデルマは、いまだ興奮状態のフィアルからも、ファルバサッハ司教とメルからもまともな答えを引き出せておらず、みな揃いも揃って、おのれの行動について突如として口をつぐんでしまったかのようだった。それに倣うかのように、修道院長もすっかり無言になっていた。フィデルマが決めかねていると、日も傾いてきてまもなく暗くなるであろうことをデゴが指摘した。自分自身のためにも決断せねばならなかった。

コバの連れてきた者たちの中には川に詳しい武人たちもおり、ガブローンの船を下流にあるカム・オーリンの砦の突堤まで運ぶ役割は彼らが買って出た。族長に仕える者がふたり、エンダとともに馬たちを預かり、フィデルマはそれ以外の者たちと船に乗りこんだ。

「砦に到着したら、コバ」フィデルマは族長に告げた。「私はこの者たちに訊問をおこない、これまでのできごとを解明するつもりです。地方代官であるあなたには、この地域の代表として私と同席していただくのがふさわしいと思うのですが」

　それを聞いていたファルバサッハが即座に異議を申し立てた。

「コバはもはや地方代官としての資格を持っておらぬ」彼は単刀直入に不満を述べた。「あなたのご友人であるあのサクソン人の逃亡を幇助したとして、その者は権限を失ったのだ。あの旅籠で私が彼にそう告げたとき、あなたもその場にいらしたではないか」

「地位の喪失は、王が宣言し裁可すべきものです」フィデルマが指摘した。「フィーナマルがすでに、コバのボー・アーラとしての地位を正式に剥奪したというのですか？」

　ファルバサッハ司教は腹を立てたようだった。

「かのサクソン人の件でコバが法を犯したことについて私が謁見を求めたところ、王はすでにノエー前修道院長とともに狩りに出かけられたあとだった」

「では、今の時点では、フィーナマルが狩りから戻るまで、コバはまだこの地域のボー・アーラということになります、それで合っていますね？」

　ファルバサッハ司教は蔑むような表情を浮かべた。

「私の目にはそうは見えぬ。私はラーハンのブレホンだ」

「法律という見地からすれば、コバが今でも地方代官であることは変わらず、いっぽうであなたはこの件に深く関わりすぎています、ファルバサッハ。私が取り調べをおこなう間、彼には同席してもらいます」

コバはファルバサッハと修道院長をちらりと見たが、そのまなざしに勝ち誇ったようすは微塵もなかった。

「ではぜひ同席させていただこう、尼僧殿。どうやらこの中にはたがいに結託している者がいるようだ」

「それについてはカム・オーリンでお話しいたしましょう」フィデルマは彼に向かってきっぱりといった。

カム・オーリンの砦のふもとにある木の突堤に船縁が当たった頃には、すでに暗くなりかけていた。たいまつが灯され、川からコバの砦の門までののぼり坂を照らしていた。主(あるじ)が戻ってくるうえ、その一行とともに遺体がひとつ運ばれてくると知らされて、族長の家臣たちが数人寄り集まっていた。彼らは不安げに門のそばに固まり、コバの配下の者が誰か殺されたのではないかとしきりに気にしていた。

一行を率いて砦に向かう途中、コバはしばし足を止め、死んだのが誰なのかを彼らに告げた。それがガブローンであることを知らされると、彼らの間からひそひそと驚きの声があがった。

「みな仕事に戻れ」彼らの族長が呼びかけた。「私の客人たちのために大広間に火を入れ、飲みものを用意するように」彼は執事(ラクテレ)に指示をした。それから厩番(うまやばん)の少年たちに向かっていった。「馬を預かって世話をしておけ」さらに、ガブローンの遺体を運んできた者たちにはこういった。「その遺体は礼拝堂に安置しておくように」

コバは簡潔な命令をいくつかくだし、客人たちがそれぞれ望むと望まないとにかかわらず、充分なもてなしで彼らを迎えた。客人たちが身体を清潔にし、腹も満たされて休息も取れた頃、彼らはコバの大広間に呼び入れられた。暖炉では炎があかあかと燃え、何本ものたいまつによって、大広間は隅々まで明るく照らされていた。

コバは族長の椅子に腰をおろし、フィデルマにはその隣の席が用意された。

ファインダー修道院長と、メルと、エンダとデゴの待ちかねたような顔が見える。フィアルという名の少女はむっつりとした表情を浮かべ、背を丸めて蹲(うずくま)っていた。フィデルマはふと眉根を寄せ、素早く周囲を見まわした。

「ファルバサッハ司教殿はどちらに?」ファインダー修道院長の瞳がぎらりと光ったのがわかった。

コバが見やると、武人の長(おさ)が慌ただしく大広間を出ていった。

フィデルマはファインダー修道院長に冷ややかな視線を据えた。

「ファルバサッハの行方については、あなたにご説明いただくのが一番話が早そうです」

「私が知っているとおっしゃるの?」修道院長はせせら笑った。

「あなたはご存じのはずです」フィデルマは自信たっぷりに答えた。

「私はいっさい間違ったことなどしておりません」ファインダー修道院長は挑みかかるよう

にくいと顎をあげ、答えた。「ここでおこなわれることの合法性を認めることも、あなたやカム・オーリンのボー・アーラの訊問を受けることも拒否いたします。コバは私に敵対することを表明しています。私は無理やりこの場に連れてこられたのです」

その表情を見て、どうやら修道院長にはなにをいっても無駄だとフィデルマは思った。

「今、砦の中を探させておる」コバが請け合った。「見つからぬはずがない」

そのとき、コバに仕える武人の長が大広間に戻ってきて、まっすぐに主のもとへやってきた。

「ファルバサッハ司教様はもはや砦においでになりません！」

コバは驚愕していた。「門衛をつけ、儂(わし)かシスター・フィデルマがよいというまで誰も砦の外には出すなと厳しくいいわたしてあったのだぞ。なぜそのようなことに？　儂の命令を無視したのか？」

武人はきまり悪そうに顔を歪めた。「そうではございません、族長様。門が開け放たれており、ファルバサッハ様は馬に乗っておられたそうです。あのかたが出ていくところを見た者はありましたが――みな、あのかたが砦から出ることを禁じられていたとは知らなかったそうです、ですから、どうかお咎(とが)めなきよう――司教様はファールナの方角へ馬を飛ばしていかれたとのことです」

コバは怒りをにじませ、罵(のの)しりの言葉を吐いた。

「〝アエクォー・アニモー（落ち着いてください）〟」たしなめるようにフィデルマが呟いた。

「儂は落ち着いておる」コバがぴしゃりと答えた。「門衛はどこへ行った？　ファルバサッハ司教殿をみすみす通した者は？　連れてこい！」

「それが、彼も姿が見えないのです」武人がもごもごといった。

コバは戸惑っていた。「姿が見えないだと？　武人ともあろう者が儂に逆らうとは、いったいそれはどの者なのだ？」

「ダウという男です。頭に包帯をしていました」

コバがふいに考えこんだ。「今朝、かのサクソン人がここから逃亡したさいに、殴られて気絶していた男かね？」

「そうです」

「そのダウという男が、どちらの方角へ逃げていったのかはわかっているのですか？」フィデルマが間に入った。

「司教様がファールナへ馬を走らせるところを見ていた者の話では、男がもうひとり、あのかたと連れ立って走り去っていったそうです、尼僧様」武人が答えた。「ダウにちがいありません。ふたりは示し合わせて逃げたのです」

「ファルバサッハ司教殿が逃げたなどと、とんでもない」修道院長があざ笑った。「あのかたがファールナに向かわれたのは、王と親衛隊を連れてここへ戻り、あなたの背信行為と、サクソンの人殺しの友人であるこの者による愚かな告発を終わらせるためです！」

「寒いしお腹が空いたわ。気分も悪いし。ちょっとぐらい休めないの？」

不平を漏らしたのはカナだった。

エイダルフは足を止め、のろのろとついてくるその娘を、そして、みるみる山を包んでいく薄闇の中を歩いてくるムィレクトを振り向いた。

「ここは丸見えで――屋根もないですから、カナ」彼は答えた。「日が暮れぬうちに、あるいはそれが駄目でもできるだけ早く、教会に着かねばなりません。ここで止まったら、われわれは凍死してしまいます」

「もう歩けない。足が動かないわ」

エイダルフは歯ぎしりをした。ここがすでにイエロー・マウンテンの南側の斜面であり、ダルバッハが話していた教会もそう遠くないことはわかっていた。ここで足を止めたら二度と歩きだせないばかりか、この吹きさらしの無防備な山の斜面にとどまっていたのでは、あっという間に三人とも寒さで凍えてしまう。

「もうすこし進みましょう。それほどもう遠くないはずです。先ほど、日が出ている間に、下の斜面に雑木林が見えたような気がしました。そちらの方角へ向かいましょう。そうすれば、万が一教会が見つからなくても、林に身を隠すことができます。ひょっとすると焚き火くらいはできるかもしれません」

「でももう動けないわ！」カナがぐずった。

「もう置いていきましょうよ」ムィレクトが低い声でいった。「あたしだって寒いしお腹も空いてるけど、今夜ここで死ぬのはまっぴらだわ」

薄情なものいいに、思わず叱責の言葉が出そうになったが、エイダルフはあえて無言を貫いた。彼は踵を返すと、丸い岩の上に座りこんでいるカナのそばまで歩いていった。

「もう歩けないというなら」彼はきっぱりといった。「私が抱えていくしかありませんね」

少女は不安げなまなざしで彼を見あげた。やがて彼女はうなだれて、腰をおろしていた岩からおぼつかぬ足取りで立ちあがった。

「もうちょっと頑張ってみる」渋々ながら、彼女はいった。

もはや黒い輪郭としか見えなくなった山の稜線上に、立ち並ぶ木々がようやく見えてきたのはだいぶ経ってからのことだった。林はさほど遠くはなかったが、その向こう側に見えるぼんやりとした景色は、まるで山の斜面に溶けこんでしまったかのように、なにひとつはっきりとは見えなかった。

「行きましょう！」エイダルフはいった。「もう、すぐそこです」

三人は重い足を引きずりながら歩いていった。歳下とおぼしきカナのほうはことあるごとにめそめそと泣きごとをいっていたが、もうひとりはひたすらむっつりと黙りこんでいた。

彼らがたどり着いた頃には、すでに林は黒々とした夕闇に包まれ、足を踏み入れることすらややためらわれた。エイダルフにとっても、林を抜ける小径をたどるのがやっとだった。だが幸先よく、踏みならされた小径に出ることができた。踏みならされているということはつまり、これが教会へ続く道であるにちがいない。みるみる日は暮れていき、おまけにどんよりと曇っていたせいで、空には行く手を照らしてくれる月の姿すらなかった。

やがて、木立がまばらになってきたことにエイダルフは気づいた。三人はふたたびひらけた場所に出た。そこで道が二股に分かれていたのだが、それがわかったのは、どちらの方角へ向かうべきかと地面に目を凝らしていたおかげだった。でなければ、道が分かれているという事実にすら気づかなかっただろう。

ムィレクトがふいに声をあげた。「見て!　あそこに明かりが見えるわ。ほら、サクソンさん、あっちの下のほう!」

エイダルフが顔をあげた。少女のいうとおりだった。暗い斜面をしばらくくだった場所に、明かりが揺らめいていた。火だろうか、ひょっとすると角灯ではないか?

「上にも明かりが見えるんだけど」むくれ声でカナがいった。

エイダルフは驚いて振り返り、反対側の闇の奥に目を凝らした。見あげたあたりに、角灯のかすかな明かりがちらちらと躍っているのが見えた。眼下に見える明かりよりもこちらのほうが近い。彼は心を決めた。

「上にある明かりのほうへ行ってみましょう」

「おりるほうが楽じゃないかしら」ムィレクトが渋った。

「そちらではなかった場合、より長い距離を戻らなければなりませんよ」エイダルフがもっともな意見を述べた。「上へ行きましょう」

そういうと彼は先に立ち、揺らめく明かりのほうへ続く小径をのぼりはじめた。思ったよりも遠かったが、やがて三人は、平らに均された場所に出た。そこにはいくつか建物があり、その建物を囲む塀が、闇の中に黒々と浮かんでいた。門には角灯がひとつさがっており、さらにこの建物がなんの目的に用いられているのかを示す、鉄細工の十字架がついていた。

エイダルフは安堵のため息を漏らした。ダルバッハに勧められた教会をついに見つけたのだ。彼は門の外側についていた鐘の紐を引いた。

若い、爽やかな面持ちの修道士が応対に出た。彼は驚いた顔で、扉の外の、角灯に照らされた光の輪の中に立っている奇妙な三人組を見つめた。

「ブラザー・マルタンにお目にかかりたいのですが」エイダルフは彼に向かって、いった。

「ダルバッハから、こちらで保護を求めるように、といわれてまいりました。私とこの子どもたちのために、食事と、身体を温めるものと、寝床をお恵みいただけないでしょうか」

若い修道士は奥へさがると、手招きをして三人に中に入るよう示した。

「お入りください、さあさあどうぞお入りください」熱い歓迎ぶりだった。「ブラザー・マルタンのところへお通ししましょう。あなたがお話しになっている間に、私どもでお子さんがたのお世話をしておきます」

エイダルフは、この若者の悪気のない言葉をわざわざ訂正しようとは思わなかった。

ブラザー・マルタンはずんぐりとした丸顔の修道士だった。歳を取っていて、おもざしには絶えず笑みを浮かべている。

「神は救いたもう。見知らぬかたよ、ようこそいらした。ダルバッハの導きによりここを訪ねられたと聞いたが」

「こちらに伺えば、あなたのもとで一夜の安息を与えていただけるだろうと彼から聞いてまいりました」

「あなたが聞いたとおりだ。遠い地からいらしたのかね。話しぶりからして、どうやらこの国のかたではないようだが?」

話している間にエイダルフがさりげなく帽子を脱ぎ、老修道士がふと言葉を切った。

「〈聖ペテロの剃髪(トンスラ)〉か。では、神に仕える者なのだね?」

「私はサクソンの修道士です」エイダルフが認めた。

「子連れで旅をしているのかね?」

エイダルフはかぶりを振ると、みずからについてはあまり触れぬよう、少女たちと出会ったいきさつを彼に説明した。

「なるほど、そういった悲劇はけっして珍しいことではない」エイダルフが話し終えると、ブラザー・マルタンは悲しげなため息を漏らした。「かようなあくどい人身売買がおこなわれているとは私も耳にしたことがある。しかもその忌まわしい商いに関わっているとしてガブローンの名が出てきたのかね？　彼はわれわれの兄弟たるファールナ修道院の者たちのよく知る相手だ。川を行き来している交易人ではないか」

「朝になったら私はまずファールナへ向かいます」

「ふたりの娘さんたちはどうなさるね？」

「こちらで預かっていただけないでしょうか？」

ブラザー・マルタンはふたつ返事で承知した。「ふたりとも、いくらでもここにいて構わぬとも。家族に捨てられたのならば、ここにある新たな家族の一員となり新たな人生を歩めばよい。信仰は、新たに神に仕える者をいつでも求めている」

「それは本人たちしだいですね。とりあえず今はまだ、ふたりともつらい目に遭ったばかりなのです。裏切られただけでなく、あろうことかその相手が実の親とは……」彼はかすかに身を震わせた。

「来なさい、修道士殿」ブラザー・マルタンが立ちあがった。「食事も温葡萄酒（マルド・ワイン）も出さずに長話をさせてしまった。休息も必要だろう。疲れ果てておいでのようだ」

「まさしくそのとおりです」エイダルフは認めた。「林から出てきたさいに、危うく間違った道を選ぶところでした。もし選択を誤ってあの斜面をあれ以上さまよっていたら、今も目を開けていられたかどうか怪しいところです」

ブラザー・マルタンは心もとなげな笑みを浮かべた。「われわれの教会の門の外には、常に角灯が火を絶やさず灯っているのだが、それが見えなかったのかね？」

「いえ、見えましたとも」エイダルフは応じた。「ですが、もうひとつ明かりが灯っていて、そちらがあなたの教会ではないかと迷ったのです」

「もうひとつの明かりですと？」ブラザー・マルタンはわずかに片眉をあげたが、やがてなにかを思いだしたように相好を崩した。「ああ！　そういえばここから数キロメートル山をくだったところに、王の狩猟小屋がある。王が猟犬係の者たちとともにそこに滞在されているときには、よく火が焚かれたり明かりが灯されたりしているのだ。フィーナマル様あるいは王家のどなたかがお泊まりになっているにちがいあるまい」

エイダルフは安堵のあまり唸り声をあげかけた。もしあのとき選択を誤っていたら、今日の終わりがいかなるものになっていたのかは考えるまでもなかった。あらゆることに感謝を捧げながら、エイダルフは気立てのよい司祭のあとについて、教会の食堂へ向かった。

カム・オーリンの砦の大広間では、フィデルマがふたたび主導権を握って穏やかに話していた。

「ファルバサッハ司教殿がこの場を去ったということは」彼女は集まった者たちに向かい、皮肉めいた口調でいった。「こう解釈されてもしかたがありません――つまり、彼をはじめとする人々が、ほかの者による同様の行為をそう解釈したように――罪を認めたも同じ、と」彼女が煽るようにファインダー修道院長を凝視すると、相手はかっと顔を赤くしたがなにもいわなかった。「ですが、司教殿がこの場にいようといまいと、私どもにはなすべきことが多々ございます」

「なにひとつなさる時間はないと思いますよ、シスター・フィデルマ。司教様は王の武人たちを引き連れて、今にもお戻りになるはずです」メルが棘のある口調でいった。

コバは脅し文句を無視した。「あんたたち、つまりファルバサッハ司教殿とあんたは、なぜその娘を殺そうとしていたのだね？」彼はフィデルマが訊問を始めるのを待たずに、冷然と問いただした。

「殺そうなどとは微塵も！」メルはそっけなく答えた。

「この娘はあんたがたを告発しておる」

「違う」

「違わない！　違わないわ！」フィアルは先ほどよりもやや平静を取り戻し、周囲の者たちを見わたしながらいい張った。「あたしを殺そうとしたじゃない」

厳密にいえば、自分はこの大広間においては客人という立場であることに気を配り、フィデルマは口を出す前にコバをちらりと見やった。ボー・アーラは無言で了解を示した。

「ではその件を別の面から見てみましょう、メル。なぜあなたとファルバサッハ司教殿はその少女を追っていたのですか?」

「シスター・フィアルが修道院から行方をくらましていたのはご存じでしょう。われわれはただ、その娘を連れ戻そうとしていただけです」

「ですが、どうやってその娘の居どころを知ったのです?」

「知っていたわけではありません。偶然その娘がわれわれの前にあらわれるまで、ファルバサッハ司教様もご存じではなかったはずです」

「たまたま彼女が目の前にあらわれたというのですか? なにかしっくりきませんね。シスター・フィアルを追いかけて、ここまでどのように来たのです?」

「どうしてさっきから何度もあたしをシスターって呼ぶの?」少女が不機嫌な声をあげて遮(さえぎ)った。彼女はまたべそをかきはじめた。

フィデルマは歩いていくと、彼女の腕を軽く叩いた。

「もうすこしだけ我慢してちょうだい。じきに真実にたどり着きますから」彼女はメルをちらりと見やった。「話を続けてください、メル。どのようにここまで来ましたか?」

「憶えておいででしょう」メルがいった。「あなたはその場にいらしたではありませんか。姉の旅籠でわたしが食堂におりていくと、あなたはコバとファルバサッハ様とノエー前修道院長様とご一緒にいらっしゃいました。ガブローンに襲撃された、とあなたは訴えておいででした。ファルバサッハ司教様はただちに調査するとおっしゃり、ついてこいとわたしにお命じになりました」

「先ほど、カム・オーリンでガブローンについて聞きこみをしていたというのはそのためですか?」フィデルマが口を挟んだ。

メルは肯定のしるしに頷いた。

「ファルバサッハ司教様とわたしはまず修道院へ向かいました。司教様がファインダー修道院長様に面会なさったのち、われわれは、あなたの主張に信憑性があるかどうかを確かめるべく、ガブローンの捜索に馬を走らせました。司教様は、あなたがつくり話をしているとは思えないとおっしゃっていました」

フィデルマはファインダー修道院長をちらりと見やった。「あなたがファルバサッハにフィアルの居どころを教えたのですか?」

「私は彼女の居場所など知りませんでした」彼女は抗った。

「けれども今朝、ファルバサッハ司教殿とお会いになっていますね?」

「あのかたはあなたと旅籠で話をしたあと、朝早く修道院に戻っていらっしゃいましたが、司教殿があなたがガブローンに対して起こしている訴えについては話してくださいましたが、あの男の捜索に向かわれるということまでは、私は伺っておりませんでした。ですから、みずからあの男を探しに行ったのです」

フィデルマはメルを振り向いた。「あなたがたはふたり揃ってただちにガブローンの捜索に向かったといいましたね？　つまり到着したとたんに、フィアルを追っているところを私どもに見られたというのですか？」

「まさしくわれわれは、あのときガブローンの船に到着したところでした、そのとおりです」

フィデルマはたしなめるようにかぶりを振った。「あなたの主張どおりの時間におふたりが修道院をあとにしたということは、あなたがたが早朝のうちにカム・オーリンにてガブローンに関する聞きこみをおこなっていたことで証明されていますが、それならばなぜ、あなたがたが到着したのが、私どもとガブローンの船の近くで鉢合わせしたあのときだったのです？　私どものほうが先に着くはずがありません」

「道に迷ったのです」メルはあからさまな矛盾にも素知らぬふりだった。「川が二股に分かれたところで誤ったほうへ遡(さかのぼ)ってしまい、気づいたときには、ガブローンの船ではまず通れないような川幅の狭い場所にいて、あなたがたに数時間の遅れを取ってしまいました。結局、来た道をほぼカム・オーリンまで戻ってから、正しい方角へ向かうはめになったのです。それさえなければ、あなた様や修道院長様よりも先に、数時間前にはガブローンの船に到着していたでしょう」

「ファルバサッハとあなたはこの土地の者です。川がどのように分岐しているかくらいは心得ていたはずでは」

「ファールナはここから六、七キロメートルは離れています。ええ、わたしはファールナの者ですが、王国の隅から隅までを知りつくしているわけではありません」

フィデルマはその説明を吟味した。疑問は残るが、あり得なくはない。これだけの情報では追及は無理だろうと彼女は結論づけた。

「道を外れて、戻ってきてガブローンの船を見つけたのですね。それからどうしました？」

「そのときでした、シスター・フィアルに出くわしたのは」メルが説明した。「川沿いの小径を馬で走っていると、出し抜けに、その娘が茂みの中からわれわれの目の前に飛び出してきて、急に足を止めたのです。彼女はこちらに気づいたようでしたが、とたんに悲鳴をあげて逃げ出しました。ファルバサッハ司教様とわたしはそのあとを追いました。するとあなたがたが……」彼は肩をすくめ、片頬で笑ってみせた。「あとはあなた様もご存じのとおりです、尼僧様」

フィデルマは彼の証言についてしばらくじっくりと考えたのち、フィアルなる少女に向き直った。彼女はすでに泣きやんではいたものの、気分は優れないようで打ちひしがれたようすだった。

「よいですかフィアル、私にはあなたを傷つける意図はありません。正直に話してさえくれれば、私もけっして嘘は申しません。わかりましたか？」

返事はなかったが、その目を見て、怯えた動物の目のようだとフィデルマは思った。まさしく肉食動物に迫られたときのような、こわばったまなざしだった。つい身体が動き、彼女は少女の傍らへ行ってその細い肩に腕を回した。

「もうなにも怖がらなくていいのですよ。私はあなたの味方ですし、あなたの敵である者たちからは私が守ってあげます。私を信じてくれますか?」

やはり返事はなかった。フィデルマは単刀直入に訊ねることにした。

「どのくらいの間、ガブローンの船に閉じこめられていたのですか?」

少女は沈黙を守りつづけた。

「あなたがそこにいたことはわかっています。甲板下にある狭い小部屋に入れられ、手枷をはめられていたのですね」

質問ではなく断定だった。ついにフィアルは身震いをし、答えた。

「どのくらいの間だったか、よくわからないの。二日かしら、三日かしら。真っ暗で、なんにもわからなかったから」

「誘導訊問です」ファインダー修道院長が異議を申し立てた。

フィデルマはフィアルの両手を取ると、集まった人々によく見えるように持ちあげた。

「この手首の傷も私がつけたとおっしゃるのですか、ファインダー修道院長殿?」彼女は静かな声で訊ねた。少女の両手首は、拘束されていたことを示すように赤く腫れていた。「両足首にも同じような痕があるはずです」

　コバがすでにその傷を確認していた。

「縛られて船に乗せられていたのかね？」彼はしわがれた声で問い詰めた。

　少女が答えないので、フィデルマは質問を繰り返し、優しく励ました。フィアルは軽く俯いた。

「そうよ」

「誰が修道女見習いにこのような仕打ちを？」ファインダー修道院長はみずからの目で見た証拠をようやく受け入れ、問いただした。「それが誰であろうと、かならず充分な報いを受けさせてやらねばなりません」

　フィデルマはさっと皮肉のこもった視線を彼女に向けた。

「ガブローンは充分な報いを受けています、修道院長殿、おぼえがおありでしょう。あなたの修道院の薬師であるブラザー・ミアッハによれば、同じような手枷の跡が、ガームラの身体にもついていました」そして少女に向き直った。「ですが、フィアルはファールナの修道女見習いでもなければ、どこの修道院の見習いでもないのです。そうですね？」

「あなたは私に――」ファインダー修道院長が声をあげかけたが、フィデルマに身振りでたしなめられ、沈黙した。

　フィアルは頷いた。

「話してください。あなたと、あなたの友人だったガームラは、数週間前にガブローンの船でファールナに連れてこられた、そうですね？」

「あの子とは、ガブローンに捕まって船に乗せられて閉じこめられたときに知り合っただけで、最初から友達ってわけじゃなかったわ」少女は答えた。

ファインダー修道院長は腹立たしげに彼女を睨めつけた。「例のサクソン人の裁判のときにあなたが証言したことと違うではありませんか」

「かの裁判においてなされた証言の多くは、訂正されねばならぬようです」フィデルマはちくりといった。「その娘の話の続きを聞きましょう。あなたはどこから来たのですか？」

「あたしたちはどっちも、父さんがデア・フィーアルで、いいたくないけど、ひとり娘のあたしたちを、ガブローンの金貨に目が眩んで手放したの。ガームラとは長いこと真っ暗な中で一緒にいたから、そのときに話してわかったわ」

「つまり、ガブローンが若い娘を金銭で買い、船で連れてきて――修道院に売っていたというのですか？」修道院長が愕然としたようすで声をあげた。

「修道院に売っていたわけではありません」フィデルマが訂正した。「ガブローンはおそらく、少女たちを下流のロッホ・ガーマンへ運び、どこへ向かうものなのかは知りませんが、奴隷船に売っていたのだと思われます」

「けれどもガームラとこの娘は修道女見習いになるはずだったのです」修道院長が抗った。

「自分は修道女見習いだ、とこの娘はみずから口にしたのですよ」

「ふたりとも修道女見習いではなかった、と先ほどフィアルが証言したではありませんか。話してください、フィアル。ガブローンの船に乗せられて、修道院まで連れていかれた日の夜になにがあったのかを」

少女は目をしばたたいたが、すでに涙も涸れてしまったとみえた。

「ガームラはあたしより歳下で、たった十二歳だったの。ガブローンの船に乗せられたあと、あいつはあの子だけを連れていって……」その先は声にならなかった。

「そうですか」フィデルマは無理強いはしなかった。

「真っ暗な小部屋に入れられて、ずっと手足に枷をはめられてたから、どこに向かってるのかは全然わからなかった。船は止まってて、しばらくそのままだった。ガームラとあたしは、あの汚らしくて臭い場所にいつまで閉じこめられるんだろう、って恐ろしくてたまらなかった。そしたら扉が開いてガブローンが入ってきたの。お酒臭かったわ。あいつがガームラの枷を外したから、あたしをどこへ連れてくの、ってガームラは訊いたの」フィアルはその場面を思いだしたのか、ふと口を閉ざした。

「ガブローンはなんと答えたのです?」フィデルマが促した。

「夜の間のちょっとしたお楽しみだ、ってあいつはいったわ。そして暴れるあの子を別の広い船室へ引きずっていって、あたしはたったひとりで真っ暗な中に閉じこめられた。すこしして、ガームラの悲鳴が聞こえたの。ほかにも――もがいてるような物音が聞こえたわ。そのあと急にしんと静かになった」

話を続ける前に自分の記憶と折り合いをつけるように、彼女はふたたび黙りこんだ。

「それからどのくらいの時間が経った頃だったかしら。天井の蓋がふいに開いたの。ガブローンが今度はあたしを連れに戻ってきたのかと思ったら、別の船員だった――あたしたちを船まで運んできた奴よ。名前は知らないわ。そいつはあたしに、物音をたてるな、なにも訊かずにいわれたとおりにすれば自由にしてやるし褒美もやる、っていったの。

そいつはあたしを、ほかの船員たちが寝起きしてる隣の船室に連れてったけど、ガームラもあたしも、そこにいた連中と顔を合わせたことは一度もなかった。ガブローンと、さっき話したもうひとりの船員しか見たことがなかった。ほかの船員たちは、あたしたちが船に乗ってたことすら知らなかったんじゃないかしら。そこにはガブローンがいた。大の字になって床に寝転がってたから、酔っ払って寝てるんだろうって思ったの――父さんもしょっちゅうそんなだったから。だけどすぐに、あいつの服が血まみれで、手には血だらけの布きれを握りしめてるのに気づいたの。そばには法衣を着た人が座ってたんだけど、分厚い頭巾（カウル）を深くかぶってて、しかも真っ暗だったから顔は見えなかった。落ち着かないようすで、首からさげた、法衣の内側の十字架を片手でまさぐってたわ」

「またしても私の修道院を貶めようというのですか？」ファインダー修道院長は、娘の話を

はなから信じていないという口調だった。「見たと

「ほんとのことを話してるだけよ」少女はいくらか気力を取り戻し、いい返した。「見たとおりにしかいえないわ」

フィデルマは勇気づけるように、娘の腕を優しくぽんぽんと叩いた。

「とてもわかりやすく話せていますよ。その修道士は、あなたになんといったのですか?」

「なんにも。さっきの船員だけがひとりで喋ってた。不幸なできごとが起きた、ガームラが殺されたから、なにがなんでも犯人に罰を与えなけりゃならない、っていわれたの。てっきりガブローンのことをいってるんだとばかり思ったわ、だって、あたしの可哀想な仲間を殺したのはあいつに決まってる、ってあのときは本気で思ってたから」

「けれどもその男がいっていたのはガブローンのことではなかったのですね?」

「そう、違ったの。ガームラは船をおりて船着き場に行った、そこに修道院に泊まってたサクソン人の修道士がいて、そいつがガームラに乱暴して絞め殺したんだ、って。そいつがガームラを殺すところを見た、ってあたしが証言しなかったら、そのサクソン人は野放しになるんだっていわれたの」

「なんですって?」ファインダー修道院長は呆然としたようすだった。「それであなたはいわれるがままに、しかも修道士の見ている前で、そのような重要なことについて偽りを述べたというのですか?」

「嘘だってことはわかってたけど、そうするっていわなかったら、たぶんあたしも殺されるって思ったの。船荷の陰に立ってたら、そのサクソン人があたしの友達を襲ってた、って証言しろっていわれたわ。ほかの修道士様たちとは違う剃髪(トンスラ)をしてたから、そのサクソン人だってことがわかったっていえっていわれて、その髪型がどんなふうなものかを教えてもらった。それから、あたしとガームラはふたりとも修道院の修道女見習いだってことにしとけ、って」

「それが真実ではないというなら、よくもそのような主張ができましたね！」修道院長が鼻を鳴らした。「わが修道院の修道女見習いの世話役がいたならば、そのような欺瞞(ぎまん)はけっして許さなかったでしょうに」

「その直前に、そのかたがアイオナへの巡礼の旅に出てさえいなければ、ということですね」フィデルマが指摘した。

「そいつは、あたしの話を疑う人なんて誰もいないだろう、っていったわ」フィアルがいい添えた。

フィデルマは修道院長をちらりと見やった。「私の記憶によれば、あなたもその話を支持していましたね、ファインダー」彼女はいった。「修道院執事(ラクテレ)にも、その少女たちは修道女見習いであるとあなたが伝えたのではなかったですか？」

ファインダー修道院長は押し黙り、眉間に皺を寄せた。

フィアルの話を聞き、これまで黙々と考えこんでいたメルが咳払いをした。

「その娘が船荷の陰から姿をあらわしたのは事実です。船からおりてきたとも考えられます。ですが彼女はわたしに……」

「確かに」フィデルマが苛立たしげに遮った。「彼女はそれまでずっと船上にいました。船着き場での彼女のいた位置が矛盾している、という、あなたに対する私の指摘はあながち間違っていなかったということです。ともかく、彼女の話の続きを聞きましょう。ガームラの遺体が発見されたことが明るみに出たとき、なんらかの思惑が動いたはずです」

「ガブローンによるものではなかろう。彼は酔っていた、とその娘が証言しておる」コバが興味深げに口を挟んできた。「いったい誰が、かような手のこんだ嘘をこしらえたとあんたは考えているのかね？」

「ガブローンを雇った人物です。その人物こそ、人身売買というこの恐ろしい商いにおける大元締めの役割を担う者です」フィデルマの答えは自信に満ちていた。「その人物は、ガブローンがガームラを殺害した直後に、たまたま船員のひとりとともに船着き場に到着し、その場に居合わせたのでしょう。その者たちは酔ったガブローンを捕まえて、おそらく扱いやすいように、殴るかなにかして気絶させました。そして彼をふたたび甲板へ引きあげると船室にほうりこみ、そのままほうっておいたのです。そのあとそのうちのひとり、あるいはふたりともが、娘の死体を始末するため船に戻ってきました。そこへ、もうひとつの偶然が起こったのです……まさにその者たちが死体を船着き場に捨てたそのとき、ファインダー修道院長が暗がりから馬であらわれたのです。その者たちは戸惑い、大急ぎで船に戻りました。そこへメルがやってきました」

「ファインダーが以前、死体を発見したときのようすを説明しておった」コバが同調した。

「あんたの推理とも辻褄が合う」

「ですが例のサクソン人の法衣は血まみれで、手には……」ファインダー修道院長は、少女が先ほど述べたガブローンの衣服についての話を思いだしたとみえ、最後までいわずに口ごもった。

「ガブローンが握りしめていた血だらけの布はどうなったのだ、フィアル？」コバが訊ねた。

「あの船員が修道士様に渡してたわ。修道院に持って帰ってせいぜい役立てるんだな、って」

「つまり、それをブラザー・エイダルフに持たせればよいということです」フィデルマが低い声でいった。「ですがその話はまだ置いておきましょう。修道院長があらわれたことにより、その者たちは慌てふためきました。メルが船着き場に近づいてきて、ファインダー修道院長に挨拶をする声が聞こえたのでしょう。船上の、ガブローンの雇い主は追いつめられました。もはや殺人を隠蔽することは不可能でした。ともかく夜陰に乗じてその場から逃げ、ガブローンに疑惑が向かぬよう工作する必要がありました。そこで、解放してやるから嘘の証言をしろとフィアルを脅すことを思いついたのです。そうですね？」

そうだ、とフィアルも認めた。

「ずっとそのとおりにしてたわ。会う人みんなに、いえっていわれたとおりに話した。犯人はああいう剃髪（トンスラ）をしてた、ってあのサクソン人を指さした。そのあと裁判が終わるまで、あたしは安全のために修道院の部屋から出ちゃいけない、っていわれたの。それから何日も過ぎたあと、おとといになって修道士様がやってきて、あたしを部屋から連れ出したの」

「その修道士というのは、犯人はサクソン人だとあなたに証言するように命じた、船頭のそばに座っていた人物と同じですか？」

「違う人よ。初めて見る顔だった。その男があたしを船に連れてったの。そこにはガブローンがいたわ。抵抗する間もなく、前みたいにまた手足に枷をはめられたの。その大男がガブローンにいってるのが聞こえたわ。『さっさと始末しちまえ！』って。その男が喋ったのはそのときだけだった。『そうするさ』ってガブローンが返事した。修道士は出てって、そしてまたあたしを、前にガームラと一緒に閉じこめてた、あの狭い真っ暗な小部屋に押しこめたの。あいつはあたしに向かってにやって笑うと、こういったのよ。『おまえは始末しちまうが、いつそうするかは俺が決める』って」

フィアルはふたたび泣きじゃくりはじめた。「あたしはそのままずっとその船底に閉じこめられてた。そしたら昨夜（ゆうべ）、あいつが……あいつがやってきて……あたしを……」

フィデルマは泣きじゃくる少女の身体を両腕で包み、コバをじっと見つめた。

「不幸にも、私が修道院を訪れて聞きこみをしたために、この哀れな少女が連れ出され、ガブローンのもとに戻されてしまったのですね」

ファインダー修道院長が蒼白なおもざしで、苛立たしげに咳払いをした。

「今に限って真実を述べているなどと、なぜいいきれるのです？　その娘は偽りを述べていたと認めたのです、ならば今も嘘をついているかもしれぬではありませんか？　真実にしてはあまりにもおぞましい話です」

「十三歳の少女のつくり話にしては、あまりにもおぞましい話ではないでしょうか」フィデルマは厳しい口調で答えた。彼女はフィアルに向き直った。「あとすこしだけ質問させてください。船上で、暗闇の中閉じこめられていた間、無為に過ごしていたわけではありませんね？」

フィアルは訝しげに相手を見た。「なぜ知ってるの？」

「あなたはなんらかの方法で尖った金属の破片を手に入れ、足首を縛めていた金属の鎖が取りつけてあった場所を削りはじめた」

「ものすごく時間がかかったわ。永遠に終わらないんじゃないかって思ったくらい」

「それで自由の身になったあとは……？」

「取れたのは足についてた鉄枷だけだった。手首にはまだ手枷がついてたわ」

「そうでしたか。それでも狭い出入口をよじのぼってガブローンの船室に出ることはできたのですね？　当然ながら、甲板に出る昇降口には閂がかかっていました」

「ではあの男を殺したのはその娘なのですね！」この話がどこへ繋がるのかを悟り、ファインダー修道院長が声をあげた。「その娘があの男を刺したところへ、私が乗船したのです。ええ」彼女はふと考えこむように言葉を切った。「まさにガブローンを殺している真っ最中だったのですね。私が船室の扉をノックしたので、その娘は床の跳ねあげ戸から、閉じこめられていた小部屋へふたたび戻ったのです。そして、私が死体に屈みこんでいる間に、小部屋を抜け出して船の反対の端へ逃げたのでしょう。私が聞いた水音はそれだったのです」

「おおよそは合っています、修道院長殿」フィデルマは認めた。

「おおよそ？」修道院長は挑みかかるようにいった。

「フィアルが船室へあがっていくと、ガブローンはすでに死んでいました。彼は、凄まじい力で振るわれた剣の一撃によって殺されていたのです。違いますか、フィアル？　私が話を続けても？」

　フィデルマがなにもかも知っているので、少女は驚いて口もきけないようだった。相手が黙ったままなので、フィデルマは続けた。「フィアルはガブローンが鍵をどこに置いているのかを知っていたので、自分で手枷を外しました。その場をあとにしようとしたときです、ふと彼女は復讐心にかられました。あの野蛮な男にされた仕打ちへの復讐です。ひょっとすると、あと先など考えぬ衝動的な反応だったのかもしれません。彼女はそばに落ちていたナイフを拾いあげると、ガブローンの髪の毛を摑み――怒りにまかせてあまりにも強く摑んだため、何本かが毛根から根こそぎ抜けました――彼の腕と胸を数回にわたってナイフでめった刺しにしたのです。傷は深くまで達していました。そのとき修道院長が船室の扉をノックしたのです。フィアルはナイフを取り落とし、死体から手を離しました。ファインダーが聞いたという、なにかが倒れるような音とはそれだったのです。

逃げなければ、とフィアルは思いました。唯一の逃げ道は甲板下の船室を抜ける道ですが、小部屋の扉には鍵がかかっています。彼女はガブローンの船室にあった鍵をとっさに摑みました。鍵は全部で四本。そのうちの一本が、彼女を閉じこめていた床下の小部屋の扉の鍵にちがいありませんでした。逃げるにはそこを通るしかありません。彼女は急いで小部屋に戻りました。そのあとどうなったかはおわかりでしょう」

フィデルマはそこで言葉を切ると、両手で少女の頰を包みこんで上を向かせ、フィアルがけっして目をそらせないようにした。

「私の話に間違いはありませんでしたか？　すべてこのとおりだったのではありませんか？」

フィアルはしゃくりあげはじめた。

「殺せるもんならあいつを殺してやりたかった。ほんとに憎い――あんな！　あたしにあんなことを！」

フィデルマは少女の身体に両腕を回して慰めた。

コバが席についたまま身を乗り出し、一瞬目を閉じてから、長いため息をついた。

「このような理解で正しいだろうか？　つまり、修道院長殿がガブローンの船室にいる間に、その少女は甲板に出て、急流へ飛びこんだのかね？　あのあたりは流れが激しい。その娘はなぜそのまま岸へあがろうとしなかったのかね？」

「そのときは、私もその点が不思議でなりませんでした」フィデルマは白状した。「ですが、私は失念しておりました。恐怖というものがいかに、おのれが望まぬ行動ですら強いてしまうものであるかということを。哀れなフィアルは死ぬほど怯えていました。どうしてよいかすらわからなかったのです。歩いて船をおり、船着き場に降り立つなどという目立つ行為はけっしてできませんでした。ひょっとすると敵がいるかもしれません。泳ぎが得意だったので、そちらの逃げ道を選んだということでしょう。そしてしばらく経ったあと、川岸でファルバサッハとメルに出くわし……」

「……わたしどももまた、奴隷にまつわるこの陰謀の一味だと思いこんだのですね」メルが言葉を継いだ。

「陰謀、とはいい得て妙ですね、メル。なにしろ、解くべき謎はまだいくつもありますから」

ファインダー修道院長が鼻白んだ。

「あなたのおっしゃるとおりです、修道女殿。ガブローンを殺したのはフィアルでもなければ、むろん私でもないということを、あなたはようやくお認めになったようですけれど――

ではいったい犯人は誰なのです？」その目がふいにぎらりと光った。「それとも、かのサクソン人が復讐を遂げにやってきたという結末でも待っているのですか？」

フィデルマの瞳が怒りにきらめいた。

「この哀れな子どもの証言により、ガームラに対する強姦罪および殺人罪においてブラザー・エイダルフの潔白が証明され、非道きわまりない陰謀が明るみに出たのです！」

「そうかもしれぬが、尼僧殿」コバが口を挟んだ。「どう結論づけようというのだね？　ガブローンが殺害されたが、犯人はフィアルでもなく修道院長殿でもないという。ほかの誰があの男を殺したというのか、あるいはそれどころか、なぜあの男が殺されたのかすら、儂にはまるで見当がつかぬ」

「ガブローンは単なる駒に過ぎませんでした。彼は人身売買をおこなうための手先であり、彼女らを港へ運ぶための手段だったのです。この薄汚れた商売を計画し維持するほどの知恵は、ガブローンにはありませんでした。フィアルの言葉をもうお忘れになりましたか？　ブラザー・エイダルフを見たと嘘の証言をするよう命じられたさい、頭巾をかぶった法衣姿の者がいたと話していたではありませんか」

メルがうなじをさすった。「その娘の話によれば、ガブローンが酔って寝ていたときに、もうひとり別の船員が手を貸していたといいます。この、もうひとりの船員とはいったい何者なのです？　その男がガブローンを襲ったということですか？」

フィデルマは苛立たしげに、さっと片手を振った。

「違います。襲ったのはガブローンのほうです。その船員とは、事件の翌日に殺された男のことです――その男を殺害したとして、気の毒なブラザー・イバーが不当にも処刑された、その被害者の男です」

ファインダー修道院長が素早くまばたきをした。「では、イバーは無実だったというのですか？」

「まさにそう申しあげているのです。鍛冶職人だったイバーは身代わりにうってつけだったうえ、必要な人手でもありました。死刑になる前日、彼はエイダルフに、修道院での仕事といえば動物用の枷をつくるばかりだ、と不平を漏らしていました。彼はまったく気づいていなかったのかもしれませんし、気づいてはいても時遅しだったのかもしれませんね？　その動物用の枷が、じつは人間用のものであった、と。

イバーが絞首台に連れていかれるときに、手枷のことを叫んでいたとブラザー・エイダルフが話していました。〝手枷について訊いてくれ！〟と声をあげていたそうです」

「先ほどコバも訊ねていましたが、私も知りたいものです、あなたはどう結論づけようとなさっているのです、修道女殿」修道院長が問いただした。彼女はふいに声を震わせ、もはや放心状態だった。

フィデルマは修道院長を真っ向から見据えた。

「申しあげるまでもないと思いますが、修道院長殿」彼女は静かな声でいった。

「少女たちを売買し、外国の奴隷船に売り飛ばすというこの商売を束ねているのは、ファールナの、それも修道院内部の者です――さらに申しあげれば、その者は修道院内でも高位にある者です」

ファインダー修道院長は片手でみずからの喉を摑み、顔面蒼白になった。

「まさか！　まさか！」彼女は悲鳴をあげると、突然床にくずおれ、気を失った。

フィデルマは素早く彼女の傍らへ行くと屈みこみ、首筋に触れて脈を取った。

そのとき、コバに仕える武人のひとりが、興奮したようすで大広間に駆けこんできた。

「ファルバサッハ司教様が戻ってこられました。王の武人たちによる大軍を引き連れ、砦の外まで来ておいでです。修道院長様と武人のメルを解放し、それ以外の者は降伏せよと仰せです。ご指示を、族長様。降伏ですか、抗戦ですか？」

第十九章

狭い部屋の扉が音をたてて乱暴に開けられ、エイダルフははっと目を覚ました。戸口から踏みこんできた数人の人影を見て、彼はわけがわからずに思わずまばたきを繰り返した。ひとりがランプを手にしていた。その者の身体つきには見覚えがあった。それがブラザー・ケイチであることに気づき、失望のあまりに胸が悪くなった。その傍らには若く、活気をみなぎらせたフィーナマルが立っていた。彼らの背後に、悲愴な表情のブラザー・マルタンの姿がぼんやりと見えた。

フィーナマルはエイダルフをじっと見おろすと、満足げな歪んだ笑みを浮かべた。

「こいつだ」彼は認めた。「よくやった、ブラザー・ケイチ」

エイダルフはブラザー・ケイチの手で寝台から引きずり出され、無理やり立たされた。いとも簡単に後ろ向きにされ、両手を後ろ手にねじあげられて縛りあげられた。麻のロープが両手首にきつく喰いこんだ。

「おい、サクソン野郎」ブラザー・ケイチは横目で彼を見つつ、ぐるりと向きを変えさせて、若き王のほうを向かせた。「うまく逃げたつもりだったろうが、残念だな」

彼がいい終えると同時に後頭部に鋭い一発を喰らわされ、エイダルフは思わず前屈みになり、痛みのあまりに嘔吐（おうと）した。

「修道士殿！」ブラザー・マルタンが嫌悪感もあらわに声をあげた。「縛られた者に暴力など振るうものではない、しかも相手は神に仕える者ではないか！」

そのとき、エイダルフの耳に聞きおぼえのある声が届いた。

「そのサクソン人は守るべき神への信仰などとうに失っておるのだ、マルタン神父殿。だが、そのほうのブラザー・ケイチに対する忠告は正しい。余命いくばくもない男をそこまで酷に扱うものではないぞ、修道士殿。この日が終わらぬうちに、その者は神に裁かれることになるのだから」

エイダルフが身体をよじって振り向くと、ノエー前修道院長の血色の悪い顔が視界に入った。じつに不利な立場に置かれたことに気づき、エイダルフは気難しい顔をした聖職者に向かって、痛みに歪んだ笑みを浮かべた。

「キリスト教の教えに基づく慈愛の御心、まさに痛み入りますね」彼は乱れた呼吸を懸命に整えながら、苦しげにいった。

ノエー前修道院長は一歩踏み出すと彼をしげしげと眺めたが、細面の顔は無表情のままだった。

「地獄の業火から逃れる道はないのだ、サクソンよ」彼は重々しくいった。

「そのように学んでおります。私たちは誰もが、おのれの犯した罪をいずれかならず償わねばなりません。王であろうと司教であろうと……むろん、修道院長であろうと」

ノエー前修道院長は笑みを浮かべただけで、踵を返すと部屋を出ていった。

若きフィーナマル王は焦れているようすだった。狭い部屋の奥の窓から見える闇がしだいに薄れていくさまを、じっと睨みつけている。一時間もせぬうちに夜は明けるだろう。ブラザー・マルタンがその苛立たしげなまなざしに気づいた。

「すぐにファールナへご出立なさいますか？」彼は訊ねた。「それともいったん狩猟小屋へ戻られますか？」

「ここで夜明けを待ち、直接ファールナへ向かう」王が答えた。

「あいにく、その囚人のぶんの馬がここにはございませんのですが」司祭が詫びた。

フィーナマルは不気味な表情を浮かべた。

「そのサクソン人のための馬は必要ない。この教会の門の外に、じつに丈夫そうな木があるではないか。この男は予らの審判から二度にわたって逃亡した。もはや三度めはない。ここを発つ前にこの者を絞首刑とする」

エイダルフは胃のあたりが冷たくなるのを感じたが、周囲を取り巻く者たちにはけっして悟られまいとした。無理に口角をあげてもみた。つまるところ、死は誰にでも訪れるものではないか？　この数週間、ずっと死と隣り合わせだったが、フィデルマがこの地へやってきたからには、真実が明らかとなる可能性もあるのではないかと希望を抱いていた。フィデルマ！　今いったいどこに？　この世にいるうちに、せめてもうひと目彼女に会いたかった。

「それは法に適っているのですか？」ブラザー・マルタンは瞳に不信感をにじませ、王を見つめた。

フィーナマルは不愉快そうに眉をひそめて男に向き直った。

「法だと？」脅すような声だった。「この男は裁判にかけられたのだ。絞首刑になる直前に逃亡した。むろん法には適っている！　予はその法律たるものの代弁者なのだ。ブラザー・ケイチが手はずを整えるが、そなたが道徳的呵責をおぼえるというなら、ブラザー・マルタン、前修道院長殿に助言を求めるとよい」

ブラザー・マルタンが部屋を出ていくと、ブラザー・ケイチがエイダルフに向かって辛辣な笑みを浮かべた。

「さて」フィーナマルが続けた。「今日は冷えるうえに予は空腹だ、朝食をとることにする。夜明け前に起こされて無法者を追いかけねばならぬとは、まったく骨が折れる」そこでなにかを思いついたのか、ふと言葉を切った。「ところで、あのふたりの少女もわれわれがファールナへ連れていく。事情が事情だ、故郷に戻る、あるいは路頭に迷うより、修道院で新たな生活を送るがよかろう」

ブラザー・ケイチの残酷な笑みがさらにひろがった。「仰せのとおりで」

扉が音をたてて閉まり、フィーナマルと大男のブラザー・ケイチが去っていくと、ただひとりあとに残されたエイダルフは、彼にとっての最後の夜明けが来るのをじっと見守るよりほかなかった。

二列に並んだ馬の隊列が、速歩(はやあし)でファールナをめざしていた。デゴの隣にフィデルマ、その後ろにコバとエンダ、さらにその後ろから、フィアルを前に乗せたメルと、ファインダー修道院長が続いた。ファルバサッハ司教がしんがりを務めた。その一団の前方と後方を、フィーナマル王の親衛隊がそれぞれ走っていた。あたりは寒いうえに暗かったが、先頭を行く騎馬の者たちはカム・オーリンからファールナまでの道筋を知りつくしているとみえ、けっして速度を緩めずに迷いなく進んでいった。

辛抱(しんぼう)たまらずにデゴがフィデルマをちらりと見やった。

「なぜコバに降伏を勧めたのです、姫様？」彼は詰め寄った。その口ぶりはやや不満げだった。フィデルマがボー・アーラに対し、ファルバサッハの連れてきた武人たちには抵抗するべきではないと説得していたときから、この疑問がずっと心の内に引っかかっていたのだ。あの慌ただしい時間を経て、質問を投げかける機会がようやく訪れたので、デゴは親衛隊の者たちに聞かれぬよう、低い声でいった。「あの司教殿や彼の率いる武人たちとも戦えたはずです」

薄闇の中、フィデルマは彼を見返した。

「そうしたらどうなっていたと思いますか？」彼女は穏やかな声で訊ねた。「負け戦になろうとも、最後まで虚しい抵抗を続ければよかったというのですか。あるいはラーハンのブレホンであるファルバサッハ司教と王に仕える武人たちを運良く退けることができたとして、そのために両王国間に血で血を洗う紛争が起こり、真実も正義もうやむやにされてしまってもよかったというのですか？」

「わたしは納得がいきません、姫様」

「コバが降伏を拒んでいたらどうなっていたでしょう？　ファルバサッハ司教はこの王国のブレホンであり、彼らの意向に従わぬ者に降伏を強いる法的権限を持っているのです」

デゴは黙ったままだった。

「私どもがこの王国のブレホンからの降伏勧告を退けられるような法的根拠がどこかにありましたか？」

「その答えに近づきつつあると思っていたのです。ブラザー・エイダルフが犯してもいない罪によって責め苦を受けていると、あなた様はすでに立証していらっしゃいます。少女を奴隷として売買しているという恐ろしい商売に修道院長が関わっているらしきことも突き止めておいでです」

「私は」フィデルマはゆっくりと答えた。「少女たちを下流へ運び、外国の奴隷船に売るということに関して、修道院が拠点をなしているといったまでです。詳細な調査にはまだ取りかかっていませんし、背後にいる者の正体を突き止めるまでにも至っていません」

デゴは戸惑った。

「ですがもはや、これ以上われわれにはなにも突き止められそうにありません、姫様。降伏により、われわれは追及を続ける自由を奪われてしまいました。よくてせいぜい、ファルバサッハ司教殿から国外退去を命じられるといったところでしょう。最悪の場合、なんらかの罪を着せられて……投獄されるかもしれません。彼はさぞ、われわれに似合いの罪状をあれこれと思い描いていることでしょう」

「デゴ、もしコバが降伏を受け入れていなければ、私たちはすでに、数で勝るファルバサッハの軍勢に全員命を奪われていたかもしれません。あるいは、万が一奇跡的にファルバサッハを退けたとしても、ほどなく王自身が軍を率いてあらわれ、カム・オーリンを完膚なきまでに焼きつくしていたかもしれないのですよ？　選択の余地はなかったのです」

デゴは彼女の理詰めの主張に納得がいかないようすだった。じつをいえばフィデルマ自身ですら、みずからの理屈を自分に押しつけていた。内心ではデゴと同意見だった。直感では戦うべきだと思った。修道院とそれに関わる者たちは闇と邪悪にまみれている。だが状況を冷静に鑑みれば、選択の余地はなかった。こうなると、いかにしてファルバサッハを説得し、コバの砦の大広間で始めた訴えを続けるかが問題だった。だが少なくともブラザー・エイダルフの無罪は立証できたうえ、この事件の鍵を握る目撃証人の少女フィアルの身柄もここにある。

だがフィアルを当てにしてよいのだろうか？　彼女はまだ幼く、〈選択の年齢〉にすら達していないばかりか、事件に関する証言をすでに一度覆(くつがえ)している。法律上では本来、彼女の証言は認められない。ところがファルバサッハはそれを顧(かえり)みもせず、詭弁を弄して彼女の言葉を証言として用いている。だがそれならば、彼は上訴において、フィアルの否認の言葉を受け入れねばならない。だが彼が受け入れるだろうか？　ファルバサッハはみずからが望めば、いとも簡単に彼女の証言を却下するだろう。

フィーナマルにいかなる訴えをしても今や無駄であろうと思われた。彼はあまりにも若く、年齢的にも成熟していないため、自分の先入観や、おのれの統治に爪痕を残したいという行き過ぎた野心を抑えることができないのだ。われは〝立法者フィーナマル〟、すなわちラーハンを前修道院長の考える真のキリスト教王国とするために、『懺悔規定書(ペニテンシャル)』の掟を用いてこの王国の法体系を変革した王である、とこの若者に思いこませたのは、間違いなくノエー前修道院長であろう。さまざまな可能性を頭の中で思い巡らすたびに、フィデルマの心は沈んだ。

かといって、ファルバサッハ司教および彼の率いる武人たちと戦いを交えるという選択はあり得なかった。ファールナへの距離が一キロメートルずつ縮んでも、望みのある選択肢はいっさい浮かんでこなかった。これまでの経験においても、ここまで選択の余地がなく、手も足も出ないと感じたことは皆無だった。おそらくデゴのいうとおりだ。ファルバサッハの人となりを思えば、かの司教がフィデルマと供の者たちを国境まで送り届けたのち、ラーハンから追放してくれるならば御の字だろう。最悪の場合、なんらかの陰謀に加担したとして罪を科せられるかもしれない。審判妨害罪、虚偽告訴罪、法に背き〝謀叛〟を起こすようコバをそそのかしたとする教唆罪。ファルバサッハにはそのすべてをおこなう力があった。

　彼女はため息をついた。エイダルフがこの国からすでに逃げていてくれればよいのだが、と心から思った。分別さえあれば、彼は沿岸をめざして船を探し、故郷の国に戻ろうとするだろう。もしそうしていなければ、いかなる運命が彼を待ち受けているのだろうか。考えただけでかすかに身震いが走った。

*

　暁が、まばゆく肌寒い朝の到来を告げた。ブラザー・マルタンと彼に仕えるふたりの修道士は、組んだ両手を法衣の袖に隠し、頭巾(カウル)をかぶった頭を低くさげて、イエロー・マウンテンの霜に覆われた斜面に立つ、聖ブリジッドを祀(まつ)った、こぢんまりとした教会の門の傍らに立っていた。白い霜は雪のごとく地面を覆い、南へひろがってはるかな渓谷へ続いており、そこには〝榛(はん)の木の茂る大いなる地〟を意味するラーハン王国の王都、すなわちファールナを取り巻くように川が流れていた。

修道士たちの前にはふたりの少女、ムィレクトとカナが立っていた。情け深いブラザー・マルタンに毛織りのマントを与えられていたが、それでもふたりは、冷えきった早朝の空気に震えていた。ふたりともことのなりゆきに戸惑い、怯えていた。ブラザー・マルタンは沈んだ表情で、目の前に繰りひろげられる光景を頭巾の下から見つめていた。

フィーナマルに仕える武人のひとりが一行の馬の傍らに立ち、ゆったりとたるませた手綱を片手にまとめて持っていた。ブラザー・マルタンからすこし離れたところに立っているノエー前修道院長は、目の前の光景には興味なげだった。ただひとり、すでに馬の背に乗っている若き王フィーナマルだけが、そわそわと苛立っているように見えた。

門の外には数本の木があったが、そのうちの一本がとりわけ目を惹いた。ねじくれた黒いオークの木で、悠久の時を耐えてきたのかと思われるほど古かった。すでに大男のブラザー・ケイチの手によって、低い枝に麻のロープが結ばれ、先は絵に描いたような引き結びの輪になっていた。その真下には、教会から借りてきた三本脚の椅子が置かれていた。ケイチは問いかけるようにフィーナマルを見やり、準備万端であることを伝えた。

フィーナマルは晴れわたった空をちらりと見あげ、笑みを浮かべた。薄い唇に浮かんだ笑みは満足げだった。

「やれ」彼は厳然といいわたした。

三人の武人が、エイダルフを押しながら、門の傍らから進み出た。

エイダルフはもはや死を恐れてはいなかった。痛い思いをするのが恐ろしいのはどうしようもなかったが、死そのものは怖くはなかった。彼は毅然とした足取りで歩いていった。自分が死んでもなんの解決ももたらされないであろうに、不当にも死ななければならないとは、じつに嘆かわしい気持ちだった。とはいえすでに諦めの境地にあり、とにかく早く終わってくれれば、苦痛に対する恐怖を感じるのも短くてすむだろうなどと考えていた。いわれる前にみずから進んで椅子の上に乗りさえした。いつしか頭の中はフィデルマの姿でいっぱいになっていた。ブラザー・ケイチの手で引き輪が首にかけられるのを感じながら、エイダルフは彼女の顔を目の前にひたすら思い描いた。

「さて、サクソンよ、みずからの罪を告解するか?」フィーナマルが声をあげた。エイダルフが答えもしなかったので、若き王は苛立たしげにノエー前修道院長を振り向いた。「そなたは聖職においてこの者の上位にある者だ、ノエー。そなたがこの者の告解を聞き入れよ」

ノエー前修道院長は薄く笑みを浮かべた。「おそらくこの者は、公の場で告解をおこなうというローマ・カトリック教会派の方式ではなく、わが国の教会の方式に則って、みずからの罪を〈魂の友〉に耳打ちするというやりかたを望んでいるのではないかね?」

「私の告解にご興味などそそられないでしょう、なにしろ私は、この科せられた罪をいっさい犯していないのですから」いつまでも先に進もうとしない彼らに苛立ちをおぼえ、エイダルフは答えた。「さっさとこの殺人行為を始めたらどうです」

だが告解によって法の執行の苦しみをすこしでも和らげることに、フィーナマルは拘っているようだった。

「この期に及んで罪を認めることを拒むのか？　まもなくそなたは全能の神の御前で、みずからの罪について弁明せねばならぬのだぞ」

命の終わりが迫っているにもかかわらず、エイダルフはわれ知らず笑みを浮かべていた。まったくの無意識だった。

「では私が無罪であることは、神がおわかりになってくださるでしょう。憶えておいてください、ラーハン王フィーナマルよ、あなたの国、アイルランド五王国のブレホンであり賢人であるモランの言葉を。〝死はあらゆるものを帳消しにする――ただし真実は別だ〟」

フィーナマルが腹立たしげに息をつくのを聞きながら、彼は、足もとの椅子が蹴り倒されて、首に回された引き輪が締まるのを感じた。

ファルバサッハ司教と彼の捕虜たちはファールナへ帰還した。彼らは修道院の中庭へ直接通され、馬をおりるよう指示されたのち、護衛に見張られて修道院の礼拝堂に入った。シスター・エイトロマが、フィアルの姿を見ていくぶん驚いたようすで出迎えた。修道院長がみずから少女の身柄を預かり、おそらく身の回りの世話をしてやるためだろう、別の場所へ連れていった。

残されたフィデルマとコバとデゴとエンダは、ファルバサッハ司教と対峙せざるを得なかった。司教は鋭い眼光で、探るように四人を睨みつけた。

「さて、ファルバサッハ?」フィデルマは訊ねた。「私どもの話を聞いてくださるのですか? コバの大広間でおこなっていた主張の続きを、私は述べさせていただけるのでしょうか?」

満足げな表情が彼のおもざしにひろがった。

「あなたは狐も顔負けの策略家でいらっしゃるな、〝キャシェルのフィデルマ〟」彼はいった。「だがそうはいかぬ。これ以上嘘をひろげてもらっては困るのでな。道中、ファインダー修道院長殿が、あなたがなにを企んでいるのかをご説明くださった。あなたはこの修道院を、そして修道院長殿を、さらにはラーハンの聖職者および法律を誹謗するおつもりのようだが、そうはいかぬぞ」

「あなたはとんでもなく愚かか、あるいは一連の犯罪において後ろ暗いところがあるかのどちらかですわね、ファルバサッハ」フィデルマは落ち着いた声で答えた。「あとから無理やり辻褄合わせをしようとしているのか、それともそれらの悪事にじっさいに加担しているのか。あなたの愚行を見るにつけ、それ以外に説明のしようがありません」

司教は敵意もあらわに目をすがめた。

「私はあなたと、あなたの連れの者たちを告発するつもりだ、フィデルマ。あなたがキャシェルの王の妹君であることは重々承知しているが、かの王の不興を買うであろうなどという脅しは、もはや私には通用せぬ。この件については、フィーナマルと協議したうえ私が決定をくだすこととなる。その間、あなたは連れの者たちとともにこの修道院に拘禁させていただく」

デゴが前に踏み出した。

「後悔なさいますよ、司教殿」彼は抑えた声でいった。「フィデルマ様に指一本でも触れたならば、モアンの軍勢が大挙して国境を越えてまいりますでしょう。あなた様はわが姫君を脅迫したことにより、二倍の糾弾を受けることとなります。あなた様は法廷を司るドーリィーを脅したのみならず、わが王の妹君をも脅迫したのですから」

若き武人は豪語したが、ファルバサッハ司教は動じてもいないようだった。

「そなたの王は私の王ではない、若者よ。そなたが私を脅迫したこともただでは済まぬぞ。時間は充分にあるのだから、みずからがなにをしたのか、かような脅迫をおこなえばこの国ではいかなる罰を受けることになるか、じっくり考えるとよい」

デゴは思わず前に出ようとしたが、フィデルマが彼の腕に片手を置いた。ファルバサッハに仕える武人たちが、先ほどから剣に手をかけているのに気づいたからだ。

「〝アエクァム・メメントー・レーブス・イン・アルドゥイース・セルウァーレ・メンテ

ム〟」彼女はホラティウスの『歌章』の一節を呟き、〝困難な状況においても冷静を保つことを忘れるな〟とデゴに注意を促した。

「賢明な忠告だ、命が惜しければな」司教はにやりと笑みを浮かべた。そして武人たちを振り向いた。「連れていけ!」

「お待ちください」フィデルマは求めた。その力強い口調に、武人たちは思わずためらった。

「コバをどうなさるおつもりです?」

ファルバサッハ司教はカム・オーリンのボー・アーラをちらりと見やった。そして悪意に満ちた笑みを浮かべてフィデルマに向き直った。

「法に背き、支配者に対して謀叛を起こした叛逆者を、あなたの兄君ならどうなさるね? 彼は死刑だ」


張りあげる声が聞こえ、ブラザー・エイダルフは目を閉じた。すると落ちていく感覚がして、身体がどすん、と思いきり地面にぶつかったような気がした。彼はしばらく寝転がったまま、わけがわからず荒く息をついていたが、やがて、ほんとうに地面に落ちたのだとわかった。足もとの椅子が蹴られた拍子にロープが切れたにちがいなかった。とっさに頭に浮かんだのは、あれをまたもう一度初めからやり直さねばならないのか、という苦々しい思いだった。彼は瞼を開けて目を凝らした。

最初に視界に飛びこんできたのは、驚愕の表情を浮かべて立ちつくしているブラザー・ケイチの姿だった。まるで降参だとでもいうように両腕をひろげている。喚く声がさらに耳に届いた。別の誰かが彼の上に屈みこみ、手を貸して助け起こした。どことなく見覚えのある若い顔はにっと笑みを浮かべた。

「ブラザー・エイダルフ！ ご無事ですか？」

彼は若者をぽかんと見つめ、それが誰であるか懸命に思いだそうとした。

「わたしです、エイダンです、キャシェルのコルグー王の親衛隊の者です」

エイダルフが混乱してまばたきをしている間に、若き武人は彼の縛め(いまし)の縄を次々と切っていった。喉がひりひりと痛み、声が出なかった。

気づくとそこには騎馬の武人たちが数名いた。みな豪華ないでたちで、武装を整え、青い絹製の巨大な旗を掲げている。その姿を目にして、フィーナマルと彼に仕える者たちは驚愕のあまりに声も出ず、凍りついた。

新たに到着した騎馬の者たちの中には、頑強な糟毛(かすげ)の牝馬に跨(また)がり、高位の者であることを示す衣をまとった年齢不詳の男がいた。目立つ高い鼻に、ぎらぎらと輝く瞳をかっと見ひらき、薄い唇をいかめしく引き結んでいる。

フィーナマルは怒りに身を震わせはじめた。頬に血がのぼるにつれ、顔がみるみる赤くなった。

「不埒千万！」喉を震わせるような声だった。「きわめて不埒千万だ。貴様、ただでは済まさぬぞ！ 予を誰だと思っている？ 予は王であるぞ。この不遜なる振る舞い、死して詫びよ！」

「フィーナマル！」騎馬の男は王のもとへすこしずつ近づいていくと、冷たい声を響きわたらせた。「儂を見よ！」けっして大きくはなかったが、耳を惹く声だった。

王は懸命に感情を抑えつつ、彼に戸惑いのまなざしを向けた。

「よく見知りおくがよい。儂はボラーン、アイルランド五王国全土のブレホンの長の中でも最高位を戴く大ブレホンである。この者たちは大王[1]のフィアナ〔護衛戦士団〕だ。すなわちこれが儂の権限であり、貴殿らは従う義務がある」

そういうと彼は、美しい宝石で彩られ、金と銀の渦巻き形の装飾が施された豪奢な笏杖を差しあげた。

フィーナマルの顔色が赤から白に変わった。彼はしばらく口ごもっていたが、やがていくらか落ち着きを取り戻した声でぼそりと呟いた。「それはどういう意味だ、ボラーン？ これは法に基づいた処刑の妨害だぞ。この者は、若い修道女見習いの強姦殺人事件において有罪となったサクソン人だ。危険きわまりない男だ。わがブレホンであるファルバサッハ司教と予自身によって、正当な裁判がおこなわれ正当な答弁がなされた結果だ。この判決に基づく刑の執行は合法であり……」

ボラーンが片手をあげ、フィーナマルは黙りこんだ。

「そのとおりであれば、貴殿は大ブレホンに劣らぬ人物より謝罪を受けることとなろう。だが儂ばかりか、大王もいささか腑に落ちぬ点が数多おありのようだ。その者が死んでから誤りを正すよりも、生きているうちに事態を調査し、誤りを正すほうがよかろうて」

「誤りなどない」

「この件については王城にてじっくりと話し合うとしよう、フィーナマル」ボラーンの声は穏やかだったが、その落ち着いた口調には、たとえ相手が王であろうと有無をいわせぬ力があり、しかもフィーナマルはいまだ若く未熟であった。「また、われわれの国本来の法体系が、この王国においてはもはや価値を認められておらぬ、ということづてがわざわざタラの宮廷まで運ばれてきたということは、ひじょうに憂慮すべき事態だと大王は考えておられる。貴殿はブレホンの公布した〈フェナハスの法〉を差し置いて、『懺悔規定書』を正統なる法律として公布したと聞いている。まさか真実とはいうまいな?」

彼はノエー前修道院長の立っている方角をちらりと見やった。

「この件についてこの若き王に助言したのはそなただというのも真実か、ノエーよ?」

ボラーンはかつてロス・アラハーにおいて、すでにこの前修道院長と決裂していた。いうなれば敵どうしであった。

「『懺悔規定書』を法と定めたのは充分に議論を交わした末のことだ、ボラーン」ノエー前修道院長は譲らなかった。

「それについては追々聞くこととなろう」ボラーンはそっけなく答えた。「しかしながら、ラーハンのブレホンに王の信仰上の顧問官、さらに王までもが揃いも揃って、タラを訪れ五王国のブレホンや司教たちとこの件について議論を交わそうとすら思い至らなかったとは、じつに奇妙であるな。ともかく現在、この国に浸透しているのは〈フェナハスの法〉であり、この法律のもとでのみ、民は責任を問われねばならぬ。これ以外の法律など儂は知らぬ。これ以上われわれのあずかり知らぬところで、わが国の法が踏みにじられるようなことがあれば、大王をはじめ宮廷のかたがたはさぞ心を痛められることであろう」

エイダルフはいまだに戸惑いつつ、立ったまま両手首をさすっていた。ロープでこすれた首のあたりが火傷したようにひりひりと痛んだ。

「なにがどうなっているのです?」彼はエイダンに耳打ちした。

「フィデルマ様が、この地へ一刻も早く大ブレホン殿をお連れするようにと、わたしをタラへ遣わされたのです。間に合わぬだろうと思っておりました。危うくそうなるところでした」

「しかしなぜ私の居どころがわかったのです?　フィデルマは知らないはずです」

「われわれも知らなかったのです。こちらへ戻ってからまだシスター・フィデルマにはお目にかかっておりません。われわれは夜どおし馬を飛ばし、つい一時間ほど前、ファールナへの近道であるこの下の山道を通りかかったのです。途中でフィーナマルの狩猟小屋を通り過ぎたさい、なにか動きがあることに気づきました。ボラーンが遣いをやり、フィーナマルがいるのかどうかを探りに行かせました。するとフィーナマルとノエー前修道院長が、サクソン人の無法者を縛り首にするためにこの場所をめざしたというのです。あなたにちがいないと思いました。そこで全速力でこちらへ向かったのです」

冷静にものごとを考えられるようになってようやく、エイダルフは足がすくんできた。

「ではただ単に、運がよかったというだけのことなのですか、私が……？」真実を悟り、全身が猛烈に震えた。

「われわれが到着したのは、まさにあの大男が」とエイダンはブラザー・ケイチを指さした。「あなたの足もとにあった椅子を蹴り倒した瞬間でした。わたしの剣が鋭かったのが、なによりの幸運でした」

「私が落下すると同時にロープを切ったというのですか？」信じられないとばかりにエイダルフは訊ねた。

「間一髪でロープを切ることができました、神のご慈悲のおかげです」

大ブレホンが馬首を巡らせ、エイダルフの立っている場所に近づいてきた。

「そなたが〝サックスムンド・ハムのエイダルフ〟かね？」

エイダルフはボラーンの輝くまなざしをじっと見あげた。その人となりと、内からにじみ出る力がひしひしと伝わってきた。この男こそ、アイルランド五王国全土の法体系の頂点に立つ人物であり、大王よりも強い立場にあるとすらいえる者なのだ。

「そうです」彼は穏やかな声で認めた。

「そなたのことは聞いておる、サクソンの者よ」ボラーンの微笑(ほほえ)みはもの柔らかだった。

「〝キャシェルのフィデルマ〟の友人だそうだな。そなたの審理をおこなうよう、彼女に呼ばれてまいった」

「感謝申しあげます。私は、告発されているすべての罪において潔白でございます」

「それは適正なる手続きにおいていずれわかることであろう。このままファールナへ向かうつもりであるが、身体的に支障はないかね？」

「大丈夫です」

ここで若き武人のエイダンが割って入った。

「ほんのすこしだけ休息の時間をいただけましたら、その間にブラザー・エイダルフの首の火傷の手当てができますでしょう。なにしろこのかたは今、まさしく九死に一生を得たところなのです」

ボラーンは前屈みになってエイダルフの首の傷跡を覗きこむと、無言のまま同意のしるしに首を傾けた。

ブラザー・マルタンが蜂蜜酒(ミード)の入った水差しを手に、慌ただしく近づいてきた。

「こうしたことでしたら私にも多少の心得がございます、ブレホン様。胃に入れるための蜂蜜酒と、火傷に塗るための軟膏をお持ちいたしました」

　つい先ほどまでエイダルフを死なせるための道具であった椅子が、彼が腰をおろせるよう、もとどおりに起こされた。ブラザー・マルタンが彼の上に屈みこみ、これは痛そうだ、とばかりに舌打ち交じりに傷を調べた。彼は腰にさげた革製の小鞄から軟膏の入ったちいさな瓶を取り出すと、目の粗いロープでつけられた傷跡にそっと軟膏をすりこみはじめた。最初のうちはかなり傷に沁みて、エイダルフは思わず顔をしかめた。

「ありがとうございます、修道士殿」痛みをこらえながらエイダルフはなんとか笑みを浮かべた。「この、ささやかなる平和なあなたの教会に、このような厄介ごとを持ちこんでしまい、申しわけないかぎりです」

　ブラザー・マルタンは面白がっているような表情だった。

「教会とは、厄介ごとを受け入れ――かわりに心の平安をさしあげるための港ですから」

　数日ぶりに気力が戻ってくるのをエイダルフは感じた。

「できることならば、私の厄介ごとは林檎一個と交換していただけたらなによりです。この絞首刑のごたごたですっかり腹が減ってしまいましたし、いただいた蜂蜜酒はひじょうに美味でしたが、残念ながら空腹は満たしてくれませんでしたので」

　ブラザー・マルタンは振り向くと、修道士のひとりに申しつけた。

　フィーナマルはあいかわらず怒りに震えていたが、エイダルフに蜂蜜酒と林檎が与えられるのを目にしたとたん、抑えていた怒りを爆発させた。

「殺人犯をもてなす間、われわれにこの寒空の下で立ったまま待てというのか？」彼はボラーンに詰め寄った。「そやつはどうせのちほど絞首刑になるのだ、傷に軟膏を塗ってやってなんの意味がある？」

「林檎は道中でいただくことにします」エイダルフは立ちあがり、ボラーンに告げた。「道を急ぎ、この事件の真相にすこしでも近づけるのならば、私に異存はありません。ですが、フィーナマルが私の死を早めたいがために先を急ぐというのならば話は別です」

馬上のエイダンに手を借り、エイダルフはその後ろによじのぼった。ふたりの武人たちが、少女ふたりをそれぞれ鞍の後ろに乗せた。ムィレクトとカナは、この目まぐるしいできごとの間じゅう、ずっと黙ったまま身を縮ませていた。そして、ボラーンとフィーナマルとノエー前修道院長を先頭に、列をなした騎馬の一行は出発し、イエロー・マウンテンの斜面をくだっていった。斜面を覆う白い霜が、しだいに温かくなる朝日を受けてみるみる解けだした。

第二十章

ラーハン王の大広間は人であふれていた。まず目を惹くのがボラーンで、豪奢(ごうしゃ)な職服を身にまとい、凝った装飾のついた笏杖(しゃくじょう)を手にしている。この笏杖は、彼が法の代弁者としてだけでなく、大王(ハイ・キング)の個人的な代弁者として発言する権限を持つということを示すものであった。彼の傍(かたわ)らの玉座にはフィーナマルがふんぞり返って座っていたが、その姿はラーハンの王というよりも、むしろただの不機嫌な若者にしか見えなかった。ボラーンに比べ、彼に注目してもほぼ得るところはなさそうだった。ボラーンの並々ならぬ威厳と飾らぬ態度によって、この大広間における王の支配権はすっかりなりをひそめていたからだ。

大広間の両端には書記官が数名座っており、みなそれぞれが粘土板に屈みこみ、この事件の保存記録として上質皮紙(ヴェラム)に書き写す前の覚え書きをひたすら記していた。ブレホンたちもおり、彼らは訓練生も古参の者もみな、博識なる大ブレホンの裁きを吸収せんと真剣なまなざしを浮かべていた。このたびの事件をボラーンが審理するという噂が町にひろまったとたん、かように重要な裁判を聞き逃してはと、集(つど)える者はこぞってこの王の大広間に押し寄せた。

大広間の右側にはファルバサッハ司教が腰をおろし、その隣にノエー前修道院長とファインダー修道院長とシスター・エイトロマ、さらに修道院に属する主要な者たちが数名顔を連ねていた。その中にはブラザー・ケイチと、薬師であるブラザー・ミアッハの姿もあった。

彼らの反対側の向かって左側に、シスター・フィデルマと、その隣にエイダルフが座っていた。その後ろには彼女の忠実な供の者であるデゴとエンダとエイダンが腰をおろしていた。

一見、メルと配下の武人たちが王の大広間の警備を任されているとみえたが、じっさいは、ボラーンにつき従いタラからやってきたフィアナ騎士団の者たちが、人々の間の要所要所にちりばめられているのがフィデルマにはわかった。

今は真昼だったが、午前中には多くのできごとが目白押しだった。ボラーンがすでに何人かの個人聴取を済ませていた。そして今、公開審理が開始されようとしていた。

「本法廷が招集された目的は、ガームラ、および名の知れぬ船員、およびラーハンの武人ダグ、およびファールナの修道士ブラザー・イバー、およびカム・オーリンの商人ガブローンの死に関し、最終的な意見陳述を聞き、判決をくだすためである」

ボラーンはそれ以上の前口上を述べることなく、始めた。

「儂はドーリィーたる〝キャシェルのフィデルマ〟より、わが国へ派遣された特使たる〝サックスムンド・ハムのエイダルフ〟の嫌疑を晴らすべく上訴の付託を受けた。ドーリィー殿は、この者の無実を明らかとするため、ラーハンの法廷によりくだされた彼の有罪判決および死刑判決、ならびにそれに連なる、ラーハンの法に背いたとする判断をすべて無効とし、この王国の記録文書より削除するよう要求している。ドーリィー殿の主張は、エイダルフがすべての告発について無実であり、その告発に基づき彼に対しておこなわれた行為はすべて不当なものであったとするものである。先述のエイダルフの行動は正当防衛であり、法に違反するものではない、とドーリィー殿は主張している」

ボラーンはファルバサッハ司教をちらりと見やった。

「この訴えに対していかなる答弁があるかね、ラーハンのブレホン殿？」

ファルバサッハ司教が起立した。やや青ざめた顔をして、いかにも不愉快そうな表情だった。すでに午前中、彼はボラーンやフィデルマと数時間にわたり同席していた。彼は咳払いをすると、抑えた声で話しはじめた。「キャシェルのドーリィー殿の訴えに対し、いっさい異議はございません」

その言葉の意味が浸透するに従い、大広間に集まった人々が驚愕のあまりに息を呑む音が聞こえた。ファルバサッハ司教はそのまま腰をおろした。

ボラーンの書記官の長（おさ）が杖を打ち鳴らして静粛を求めた。ボラーンはざわめきがやむのを待ってから、やがてふたたび口をひらいた。

「かつて〝サックスムンド・ハムのエイダルフ〟に対してくだされた有罪判決および死刑判決は無効とする。この法廷を去るさいには彼は無罪であり、彼の名誉にはいっさいの傷はつかぬものとする」
席についたまま、フィデルマは思わず手を伸ばし、エイダルフの手を取って強く握りしめた。デゴとエンダとエイダンがサクソン人修道士の背中を叩いた。「ラーハンのブレホン殿には、先述の〈賠償〉の支払いを命ず

「さらに」大ブレホンはそれには目もくれずに続けた。「ラーハンのブレホン殿には、先述のエイダルフに対し、〈名誉の代価〉として定められた八カマルの〈賠償〉の支払いを命ずる。エイダルフはカンタベリー大司教テオドーレとキャシェル王コルグーとを結ぶ特使であるゆえ、これが法において定められた額である。この者の〈名誉の代価〉は、この者が仕える相手の半額となる。これに関して、ラーハンのブレホン殿はなにか異議がおありかね？」

「ありません」
早口で口ごもるように答えたため、あまりよく聞き取れなかった。だが、ファルバサッハ司教がエイダルフに対する乳牛二十四頭ぶんの〈賠償〉の支払いに同意したのだということが知れわたると、大広間じゅうでふたたび人々が息を呑む音がした。エイダルフ本人ですら、ずいぶんと気前のよいその額に困惑するほどだった。

「これをもってエイダルフの有罪は取り消しとする」ボラーンが告げた。「だが、その判決および刑罰が無効となる理由は述べておかねばなるまい。本法廷に向かう前に、儂は証人たちに予備訊問をおこなった。その結果、まさに心胆寒からしめる、じつに遺憾なる事態が発覚した。

川船の船頭であったガブローンは、不道徳かつ邪悪な商売に手を染めていた。貧困家庭の弱みにつけこみ、娘を売るよう仕向けていたのだ。彼はかような、誰ひとり〈選択の年齢〉にすら達していない怯えた子どもたちを、この王国の北方にある山岳地帯から調達しては川辺へ連れていき、自分の船に乗せてロッホ・ガーマンの港まで運んでいった。そしてその地で、外国へ行く奴隷船に売りつけていた。すなわち、娘たちは奴隷として売買されていたのだ」

大ブレホンが語った内容に人々は衝撃を受け、戦慄して、大広間が凍りついたように静まり返った。

「このつらい体験を乗り越えた少女たちのひとりである目撃者フィアルの証言によれば、ガブローンは獣の域にまで落ちぶれ、現実に、捕らえた少女たちをみずからの性的欲求のはけ口としていた。相手が成年に達していないにもかかわらずである。

その後、エイダルフが無実の罪を着せられることとなるこのおぞましい道行きにおいて、ガブローンはみずからの船を修道院の船着き場に停め、酔った状態で、フィアルの友人であったガームラなる少女を連れ去った。なにがあったのかは推して知るべしであろう。ガブローンは少女を強姦し、少女は抵抗した。酔っていて頭に血がのぼった彼は少女を絞殺した。その罪は〝サックスムンド・ハムのエイダルフ〟になすりつけられることとなった。この不届きな計画を思いついた人物は尊大にも、彼は単なる通りすがりの旅の異国人にすぎず、殺人の隠蔽に利用したとて誰ひとり気づかぬだろうと高をくくったのだ。ところが死体を始末する前に修道院長とメルが現場にあらわれたため、この殺人についてとにかくなんらかの説明をこじつける必要に迫られた。

邪なる計画ではあったが、それはほぼ達成されようとしていた。幸運なことに、彼らは〝サックスムンド・ハムのエイダルフ〟という人物が、死した場合にたやすく見過ごされる相手ではないということに気づいていなかった。傲慢な思いこみが結局身を滅ぼすこととなったのだ」

ボラーンはフィデルマを見やった。

「〝キャシェルのフィデルマ〟よ、この時点で述べておきたい所見があるのではないかね？」

大広間が静まり返って人々がじっと待ちわびる中、フィデルマは起立した。

「ありがとうございます、ボラーン。申しあげたいことは山ほどございます。この事件は、単に〝サックスムンド・ハムのエイダルフ〟の容疑を晴らすだけでは終わらぬからです」

「どういうことだ？」ファルバサッハ司教が、大広間の反対側から噛みつかんばかりにいった。「あなたの要求は満たされたのではないのかね？　その者には〈賠償〉が支払われることになったのだぞ」

フィデルマは彼に鋭い眼光を向けた。

「私が当初から要求しておりますのは、真実を知らしめることです。〝ウェーリタース・ウオース・リーベラービト〟が私どもの法律の根本原理であります。〝真理は汝らに自由を得さすべし〟（『ヨハネ伝福音書』第八章三十二節）――この目論見のすべての真相を理解せぬかぎり、この王国は闇と疑念から抜け出せぬままとなりましょう」

「このうえ、われわれの過ちに対して復讐を望むのか？」ファルバサッハが詰め寄った。「奴隷商人のガブローンは死んだ。それで充分に復讐は果たせたであろう？」

「そのような単純なことではないのです」フィデルマが答えた。「さらにエイダルフの潔白に関しては審理がなされましたが、ブラザー・イバーの潔白についてはいかがです？　ダグの死は？　ガームラや、もはや生きて取り戻すことのできぬ数多の少女たちの身の潔白は？　これらの悲劇を説明するために必要なのは復讐ではなく、真実なのです」

「この邪悪なる商売を仕切っていたガブローンの死のみでは納得できぬというのかね、シスター・フィデルマ？」ノエー前修道院長だった。慎重なものいいであり、彼がファルバサッハ司教と同様、この場の流れを不愉快に思っていることは見るまでもなく明らかだった。

「真実にならば納得いたします」フィデルマは繰り返した。「そこにいる少女、フィアルの証言をお忘れですか？　エイダルフに関して嘘の証言をするよう彼女に要求したのはガブローンではありませんでした。彼は酔いつぶれていたからか、あるいは殴られたからか、意識を失っていたのです。かといって、それに続くように翌日殺害された船員でもなかったのです。そのときのできごとを、フィアルがこと細かに証言していたではありませんか？」

ファルバサッハ司教の口から、腹立たしげなため息が漏れた。

「人殺しの小娘の言葉など信頼に値せぬ」

思わず怒りをおぼえ、フィデルマは片眉をあげた。

彼女が答えるより早く、ノエー前修道院長が口をひらいた。「そのフィアルなる少女がガブローンを殺害したのは明らかであり、強度の情緒的圧迫を受けていたことによる犯行であることは疑う余地もない。その点は酌量し、それに対する咎めは免じてよかろう。わが友ファルバサッハはなにもその娘を糾弾しようというのではない。とはいえ真実にはちがいない。その点は甘んじて受け入れよ、フィデルマ」

「今朝私どもは大ブレホン殿の前で、コバの大広間でのすべての証言をあらためて検証したはずです」フィデルマは反駁した。「ガブローンを殺害したのはフィアルではないということは、疑う余地もないことと思っておりましたが」

ファルバサッハ司教はあまりの怒りに爆発せんばかりだった。

「このうえさらにもうひとり、無実であるとして弁護するおつもりか?」彼はせせら笑った。

ボラーンが彼のほうへ身を乗り出した。その声には厳然とした、有無をいわせぬ響きがあった。

「今すこし言葉遣いに気をつけよ、ラーハンのブレホン殿。ここは儂の司る法廷であり、儂の前で申し立てをおこなう者は、たがいへの礼儀の遵守が求められることを忘れてはならぬ」

フィデルマは感謝のまなざしでボラーンを見やった。

「ファルバサッハにはぜひお答えいたしましょう。まさしくフィアルこそ、無実であるもうひとりの人物です――私は、犯してもいない罪によって不当に告発された人々を弁護することに迷いはございません」

「真実を述べる意思があるというのならば、正直に口にされるがよかろう。フィアルを弁護するのは、ガブローン殺害の罪をファインダー修道院長に着せたいからだ、と！」ファルバサッハは顔を紅潮させ、怒りにまかせて立ちあがった。修道院長は青ざめた顔をして、彼の腕を掴み、懸命に席に戻らせようとした。

「ファルバサッハ司教殿！」ボラーンの声が鞭のごとく飛んだ。「先ほども警告したであろう。敬うべき法廷弁護士たるドーリィー殿に対する態度をあらためぬならば、もはや次は、行動を慎めなどという警告ではすまぬ」

「じつのところを申しますと」フィデルマがそっと割って入った。「ガブローン殺害について修道院長殿を告発するつもりはございません。あの殺人を実行したのが彼女ではないことは明らかです。私には、あなたが目の前の問題を必死にはぐらかそうとなさっているようにしか見えませんけれど、ファルバサッハ」

ファルバサッハ司教は力なく、がくりと椅子に座りこんだ。フィデルマは続けた。「ガブローンを殺害した人物は奴隷売買の陰謀に加担していましたが、ガブローンがこの陰謀において邪魔な存在となりだしたため、彼を殺害するよう命じられたのです。ガブローンの目に余る振る舞いはしだいに度を超しはじめ、商売全体を危険に晒すようになりました。ガブローンの周囲であまりにも多くの人死にが起こり、要らぬ注意を惹きはじめたからです。

修道院の船着き場で起こったガブローンによる少女強姦および殺害事件と、その罪を無実の通りすがりの人物になすりつけようとした愚かな企てのせいで、さらなる暴力が振るわれることとなりました。ガブローンが仕えていた人物、すなわちこのあこぎな商売を陰で操っている真の黒幕はついに、ガブローンとの関係を清算する潮時だと考えはじめたのです——それも永久に、です」

大広間は水を打ったように静まり返っていた。ややあって、ノエー前修道院長がようやく口を挟んだ。

「すべての死は繋がっているというのかね？」

「船員の殺害事件はガームラの死の直後でした。さてそこで、今朝、私どもがさらい直したフィアルの証言はいかなるものでしたか？」

ボラーンが書記官を見やった。

「儂の話が記録と異なる場合には訂正するように」彼は指示した。「儂の記憶では、その娘は、船員のひとりによって監禁されていた部屋から連れ出されたさいにガブローンの姿を見たが、泥酔していたのか、あるいは何者かに気絶させられたのか、彼は意識を失い、倒れていた。薄暗い船室には、法衣をまとい頭巾（カウル）をかぶった人物がいた。娘はこの人物により、ガームラを殺害したのはエイダルフだったと証言するよう迫られた。ここまでは合っているかね？」

彼の言葉と目の前の覚え書きとを引きくらべていた書記官が、すべて正確であったことを確認し、呟（つぶや）いた。「〝ヴェルバーティム・エト・リッテラーティム・プンクターティム（一語一語、一字一字、一点一点）〟」

ボラーンから記録についての言及がなされたことに対し、フィデルマは感謝を述べた。

「フィアルを解放した船員は、まさしく翌日に殺害された者と同一人物でした。ここからしばし推測を述べさせていただきますが、これらはいくつかの事実を繋ぎ合わせた結果です――その事実とは、ダグが妻にいい遺したことがらです。これらの詳細について、生きた証人がみずからの力で立証することはもはや不可能です。かわりに私がおこなってもよろしいでしょうか？」

「それで謎が解明されるというのならばよかろう」ボラーンがいった。「だが、たとえいかなる人物を有罪に導くにせよ、推測のみでは証拠としては認めるわけにいかぬ」

「そうはなりませんでしょう。この船員がガブローンと同様に道徳観念の低い男であり、船頭が犯した罪にみずからも関わっていたのをこれ幸いと、相手を強請（ゆす）って金儲けする絶好の機会だと考えたのであろうことは想像に難くありません。ふたりは地元の旅籠（はたご）で諍（いさか）いを起こしていました――〈黄山亭〉です。この喧嘩のようすを女将のラサーが目撃していました。彼女は、ガブローンがこの船員に口止め料を渡しているところも見ています。ガブローンはのちに、その金は男に渡した給料だと主張しました。ところが、渡されていたのはかなりの金額でした――船員の給料にしては多すぎる額です。

せしめた金を手に機嫌よく帰途についた船員でしたが、彼はガブローンが甘い相手ではないことを認識していませんでした。ガブローンは旅籠から彼の跡をつけ、船着き場の近くで追いついて、彼を殺害したのです。その時刻にダグがそばを通りかかっていなければ、ことはもうすこし単純だったでしょう。ダグが近づいてくるまでに、ガブローンに可能だったのはとっさに逃げて隠れることだけでした。遠ざかっていく足音をダグはじっさいに耳にしていましたが、追う方角が間違っていました。さらにダグはもうひとつ過ちを犯しました。彼はなにを置いてもまず、死体を調べるべきだったのです。

ダグが逃げた者の気配を追ってその場を立ち去ると、ガブローンは仲間の死体のもとへ戻り、金を取り戻しました。さらにこの船員が首にさげていた目立つ金の首飾りをも奪うと、旅籠へ取って返しました。しばらくして、ダグが彼に話を聞きに旅籠にやってきました。おそらくダグの問いかけに動揺したのでしょう。彼はみずからの罪を隠蔽してもらおうと、修道院を訪れて雇い主のもとに向かいました。助けてくれなければなにもかもぶちまける、とでも脅したのでしょう。

この人物にとって、ことのなりゆきが気に入らなかったのは必定でしょう。おそらくこの場で、最終的にはガブローンを排除しようという決意を固めたにちがいありません。結局のところ、この邪悪な小男によって商売のすべてが危険に晒されることになったからです。さらにもうひとつ別の問題がありましたが、この蛮行のおかげで、どうやらこちらも片がつきそうでした。ブラザー・イバーの存在が目の上の瘤だったのです。そうです」低いざわめきが起こった。「ブラザー・イバーもこの商売においてある役割を担っていましたが、彼はおそらくそのことにまったく気づいていなかったのでしょう。彼は枷の製作を命じられていました。動物用の枷をつくらされているとばかり思っていたのです。エイダルフにも話したとおり、しだいに彼は、じっさいの目的がなんなのかということに疑念を抱きはじめました。さらに当然ながら、イバーは枷の製作を彼に命じた人物が誰なのかを知っていました。この人物が、計画に従えば返してやるといってガブローンから金の首飾りと金を取りあげたのです。

計画とはごく単純なものでした。彼らはこれらの金品をブラザー・イバーの部屋に置いたのです。あとはガブローンしだいでした。彼は、ダグにこう話すよう指示を受けました。市場でブラザー・イバーに金の首飾りを売りつけられそうになったが、その首飾りは、自分の船の者が身につけていたものであった、と。そしてブラザー・イバーの部屋に捜索が入り、意図的に置かれた証拠品が発見されました。これがブラザー・イバーに関する経緯です」

この場にいる全員が自分の話に完全に引きこまれているのを見て取り、彼女は言葉を切った。目を丸くしてこちらを見ている書記官たちを見やる。

「〝ヴェルバ・ウォラント、スクリプタ・マネント〟」彼女は鋭い声で注意を促した。「〝口から出た言葉は飛び去り、書き記したもののみが残る〟のです」ここまでの話はなんとしても余さず記録しておいてほしかった。複雑に入り組んだ話であり、このうえさらに繰り返して話すのは気が進まなかったからだ。書記官たちは屈みこみ、さらに職務に精を出しはじめた。

「〝鶏を買ってから卵を数えよ〟（取らぬ狸の皮算用、の意味）という諺がございます。ガブローンの話を聞いたからか、それともイバーの言葉から薄々感じ取っていたのか、ダグは、これは誤認逮捕だったのでは、と疑いはじめたのです。おそらくダグはうっかりガブローンにそのことを話してしまったのでしょう、というのも、その後まもなく、ある闇夜に例の船着き場で、彼は命を奪われることになったからです」

「ダグの死は殺人だったというのかね？」ファルバサッハ司教が不服を申し立てた。「あれが事故だったことは周知の事実だ。あの男は頭を打って水中に落ち、溺死したのだ」

「おっしゃるように、ダグが頭を打ち、川に転落して溺死したとしましょう。ですが、もし彼が川に転落する前に死んでいたとしたら？　動機は、彼にそれ以上疑惑の目を向けさせせぬためです」

ざわめきが起こり、やがて静まった。集まった人々は一斉にボラーンを見た。書記官長が杖を打ち鳴らして静寂を求めた。

「話を続けよ、フィデルマ」大ブレホンが命じた。「しかしまだ推論の域を出ておらぬことはあえて申しておく」

「承知のうえで申しあげております、ボラーン、ですがこの推理を述べ終えたさいには、私の考えを各方面から裏づけしてくれる証人がかならずやあらわれるはずです。かくして私は、根拠に基づいた疑念をみなの心にいっさい残すことなく、ひとつの絵を描きあげられればよいと思っております」

ボラーンが、彼女に続けるよう示した。

「私が突如あらわれたことにより、計画の一部が中断されました。話のあらを見いだそうと目を光らせたドーリィーの詰問になど、フィアルはまず耐えられぬであろうことから、ガブローンの船に身柄を移されました。彼女はさっさと売り飛ばしてしまわねばなりませんでした。ところが不埒者のガブローンは、自分が飽きるまで、哀れな少女を欲望のはけ口としたのです。彼女は動物さながらの扱いを受け、手枷をはめられて甲板下に閉じこめられていました」

「フィアルがその男を殺すまで、ということかね?」ノエー前修道院長がすぐさま口を挟んだ。

「彼女が殺害したのでないことは、すでに申しあげたはずです」フィデルマは即座に反論した。

ボラーンは腹立たしげだった。

「ドーリィー殿の主張をよく聞くように、前修道院長殿。〝キャシェルのフィデルマ〟はすでにこの点について明確に述べておる」彼はフィデルマに向き直った。「ひとつ問いたいのだが」

フィデルマは怪訝(けげん)な表情で彼を見た。

「ブラザー・エイダルフとブラザー・イバーは、生きている以上は確かに脅威であっただろう。彼らがみずからの潔白を証明し、重要な情報を漏らせば、聡明な人物が調査に乗り出す可能性がある。死刑制度のないわが国独自の法のもとでは、当人がみずからの潔白を証明する機会はかならず訪れるといってよいゆえ、他人に罪を着せるという行為は意味をなさぬのでは……」

「ですが、死者の潔白をあらためて問う者がおりますか？」フィデルマは痛烈に問い返した。「つまり、ファインダー修道院長殿が『懺悔規定書(ペニテンシャル)』の定める刑罰、すなわち死刑にあくまでも固執しているという事実は、このたびの事件となんらかの関わりがあるのでしょうか？ ファルバサッハ司教殿が、ブレホンとしての誓約を完全に失念し、修道院長殿に賛同しているという事実とこの事件との関連は？ もし無関係でないのならば、ノエー前修道院長殿がフィーナマル王を感化し、〈フェナハスの法〉のかわりに『懺悔規定書』を受け入れさせたという事実をも考慮に入れねばなりません」

反対側の席を見やることは、あえてフィデルマはしなかった。

「すべてこのたびの事件と大いに関わりのあることなのです、ボラーン。エイダルフとイバーに罪を着せようという計画は、最終的に彼らを死刑にしようという目的のもとに画策されたものです。〝モルトゥイー・ノーン・モルデント！〟」

ボラーンは険しい表情を浮かべた。

「〝死者は嚙みつかぬ〟か」彼はいいまわしに抑揚をつけ、彼女の言葉を繰り返した。

驚きのささやき声があがるより早く、フィデルマは続けた。「もしカム・オーリンのボー・アーラの存在がなければ、私がこの地にまいったとて、その計画は達成されていたにちがいありません」

コバが驚いて視線をあげた。彼は身を乗り出してこれまでの話を聞いていた。

「儂となんの関係があったというのだね？」

「あなたは『懺悔規定書』の適用に反対のお立場でいらっしゃいます。ですがファルバサッハ司教殿もファインダー修道院長殿もまったく気づいておられなかったのです。あなたが対極の意見の持ち主であり、この王国の法体系を守るためであればいずこへも行かんとする人物であるということを」

コバは沈鬱な表情で顔をしかめた。

「新たな信条を受け入れるには歳を取りすぎているものでな。ブレホンたちはなんといっていた？　〝しなやかな枝は硬い樹木よりも折れにくい〟」

「あなたが固執してくださったからこそ、エイダルフは命を救われたのです、コバ。あなたはエイダルフに救いの手を差し伸べ、〈聖域権〉を与えてくださり、それによって誰ひとり予想しなかったことをなし遂げてくださいました」

「それについては弁明すべきことがあるだろう」ファルバサッハ司教がまなざしに怒りをみなぎらせ、じろりと横目で見ると呟いた。

「その必要はない」ボラーンが鋭い声で口を挟んだ。「正当防衛については、これを罪に問わぬ」

ファルバサッハ司教は大ブレホンを憎々しげに睨みつけたが、さすがにそれ以上反論するほどの愚は犯さなかった。

「とはいえ」邪魔などいっさい入らなかったかのように、フィデルマが続けた。「それゆえに、私はしばしの間、あなたに疑念を抱いておりました、コバ。エイダルフに〈聖域権〉を与えておきながら、彼がそれを裏切って逃亡したと訴えていらしたからです。それでは彼が射殺されても文句はいえません。エイダルフがマイン・ジアナの領域を離れなければならなかったのには理由があったにちがいありません。彼は掟を充分に理解していました。彼が〈聖域〉から立ち去るよう仕向けたのはあなたではないかと私は勘ぐっていたのです。つい先ほどエイダルフとようやく言葉を交わし、あなたがこの件にいっさい関わっていないと知ったしだいです」

コバは心もとなげな表情を浮かべ、やがて肩をすくめた。「それならばありがたいことだ」

「結局これもまたガブローンの仕業だったのですが、このとき彼は、エイダルフの居どころを突き止めた雇い主からの命令によって動いていました。ガブローンはカム・オーリンに向かいました。コバに仕えているダウという武人と知り合いだったので、おそらくダウを買収したのでしょう。ガブローンはあらかじめ門衛を殺して遺体を門の陰に隠しておき、コバ、あなたの遣いを装って、おまえは自由の身だから行ってよいとエイダルフに告げました。けれども事態はかならずしも計画どおりには進みませんでした。ガブローンとダウに射殺されそうになったエイダルフは、その矢をかいくぐり山へ逃げこみました。ここで、〝人形遣い〟にとってはじつにこみいった事態になってきたのです」

「〝人形遣い〟だと?」聞き慣れぬ表現に、大ブレホンが眉根を寄せた。

フィデルマは申しわけなさそうに笑みを浮かべた。「失礼いたしました、ボラーン。これは、ローマへの巡礼の旅において私が見たある娯楽にまつわる言葉なのです。姿を見せずに他人を操る者のことをそう呼ばせていただきました。私どもに古くから伝わるいいまわしにもございます、〝ジェナム・クリッチェ・ダラ・ハマルク〟と」

彼女の用いた古い諺の文句は、〝姿を見せずにハープを弾(ひ)く者〟をいいあらわす言葉だった。

「ではその……〝人形遣い〟とやらは、エイダルフが儂の砦で〈聖域権〉を与えられたことを知っていたというのかね？」コバが問いただした。

「あなたが知らせたのです」

「知らせた？　儂が？」

「あなたは慎重かつ道義をわきまえたかたです、コバ。〈フェナハスの法〉を遵守しておられます。行動を起こし、エイダルフに〈聖域権〉を与えた直後に、修道院へ伝令を送ったとご自身でおっしゃっていたではありませんか」

「そのとおりだ。かのサクソン人に〈聖域権〉を与えたことを修道院長殿に伝えるよう、確かに伝令に命じた」

「真っ赤な嘘です！」ファインダー修道院長が叫んだ。「そのようなことづては受け取っておりません」

コバは憂い顔で彼女を見やり、かぶりを振った。

「修道院から戻ってきた儂の伝令からは、ことづては間違いなく伝えたと聞いている」

そこに集った全員の視線が、呆然とする修道院長に向けられた。

第二十一章

「やはりな」ファルバサッハ司教が怒りにまかせてふたたび立ちあがり、息巻いた。「ファインダー修道院長殿を攻撃し中傷しようという目論見なのだろう。断じて許容できぬ」

「本人が関わっていないことについて、修道院長殿を槍玉にあげようなどという目論見は私にはございません」フィデルマは穏やかな声で答えた。「疑念を抱いていたことは事実です。ファインダーがこの地の修道院に迎え入れられて以来、ずいぶんと羽振りがよいようだと聞かされたときにはなおさらそう思いました」

「ボラーン！　私はこの女を迫害のかどで告発する！」ノエー前修道院長までもが立ちあがり、声をあげた。「かようなやり口でファインダー修道院長殿を批判するのであれば、黙って見てはおられぬ」

「私は——」フィデルマが口をひらきかけた。

「取り消しなさい！」かっとなった修道院長が金切り声をあげた。「あなたは嘘という蜘蛛(くも)の巣で私を搦(から)め取ろうとしています！」彼女がなだめられて落ち着きを取り戻すまでにはしばしの時間がかかった。ようやく場が静まると、ボラーンが直々(じきじき)にフィデルマに語りかけた。

「そなたの口ぶりは確かに、あたかもファインダー修道院長が有罪であると誘導しているかのようだ。『懺悔規定書(ベニテンシャル)』の定める死刑をなんとしても執行する必要があった、とそなたは指摘している。ファインダー修道院長がそれを強く推し、さらにいわずもがなの理由によって、ブレホンのファルバサッハもそれに賛同し、王をも説得して承認させたと。そればかりか、その——そなたの言葉を借りれば——〝人形遣い〟とやらが修道院の一員であると先ほどから絶えずほのめかしているではないか。では、恐るべき蜘蛛の巣の中心にいるのは修道院長をおいてほかの誰だというのだね？　そのうえ、さも意味ありげに、修道院に迎え入れられて以来、彼女が私腹を肥やしているようだとまで主張するとは？」

「嘘です！　嘘です！　嘘です！」修道院長が声をあげ、座席の木製の肘掛けを拳(こぶし)で強く叩いた。ファルバサッハ司教がふたたび彼女をなだめて落ち着かせた。

「ファインダー修道院長殿はこの地で起こったできごとの多くと間接的に関わりがあり、その点は片づけておかねばなりません。ですが彼女がガブローンを殺したのではないことは、すでにお示ししたとおりです」

集(つど)った人々の間からどよめきが起こった。ボラーンが即座に静粛を呼びかけた。

「じつを申しあげますと」フィデルマは続けた。「ノエー前修道院長こそ、ほかの誰よりもこれらのことがらに間接的に関わっていらっしゃるかたなのです」

前修道院長は嚙みつかんばかりの勢いで、弾(はじ)かれたように立ちあがった。

「私がか？　殺人と、この恐るべき少女売買にこの私が関わっているなどと告発するつもりかね？」

「そうは申しておりません。この地で起こったできごとにあなたが間接的に関わっている、といったまでです。かなり前になりますが、あなたはローマ・カトリック教会派の方針に転向なさいましたね。あなたが転向なさったきっかけは、ローマにてファインダーと出会ったことから始まったと認識しておりますが」

「『懺悔規定書』へ転向したことは否定せぬ」ノエーは身構えるような姿勢でふたたび席につくと、呟いた。

「では、これらについてはいかがですか。ファインダーはあなたに対して多大なる影響力を行使し、自分をラーハンに連れ帰って修道院長の座に就けるようあなたを懐柔した、またあなたはフィーナマルに対し、みずからを信仰上の顧問官に任命して王国全土に及ぶ権力を与えるようはたらきかけた、そうですね？」

「それはそちらの解釈にすぎん」

「事実です。あなたはファインダーを修道院長の座に就けるため、修道院における任命の仕組みを蔑ろにするという越権行為をしたのです。彼女は遠縁の者だとあなたはおっしゃいました。じっさいは違ったのですが、異議を申し立てようとする者は誰ひとりおらず、ファインダーとあなたにいっさい血縁関係はないことが明らかとなっても、それが変わることはありませんでした。修道院長の座を手に入れたファインダーは、みずからの修道院に『懺悔規定書』の掟を敷きました。あなたは彼女の虜となりました。一連のできごとの発端はあなただったのです、ノエー。法が変えられ、これらのできごとが起こる土壌に種をまいたのはあなたであり、あなたがこの女性に夢中になったことからすべてが始まったのです」

「ファインダーがノエーと血縁関係にないとなぜわかるのだ?」ボラーンが即座に訊ねた。

「しかも、彼女の羽振りが急によくなったという話はどう関わってくるのだね?」

「ファインダーにはディオグという姉がいます。彼女は夜警団団長となったダグの未亡人なのです」フィデルマが説明した。「近頃、妹は羽振りがよいのだとディオグが話していました。ファインダーはしばしばディオグの家を訪ねていましたが、修道院長が姉の家までじつに頻繁に馬を飛ばしていた理由は、悲しいかな、姉妹愛ではありませんでした。そうですね、ファルバサッハ?」

彼女に見据えられ、ファルバサッハ司教が顔を赤らめた。

「あなたも最近になって『懺悔規定書』を用いる側に転向なさいましたね?」フィデルマが問うた。「その理由をお話しになりますか?」

ラーハンのブレホンが彼女の質問に対して沈黙したのは、ここまでで初めてのことだった。

答えたのはファインダー修道院長だった。彼女は打ちひしがれ、懸命に涙をこらえていた。

「ファルバサッハの私に対する愛情と、真のキリスト教の規範に対する彼の信心は無関係で彼女は庇い立てするように声をあげた。「彼は『懺悔規定書』の論理を理解したうえで支持者となったのであり、私たちの間に育まれた愛は、それとはなんら関わりはありません」

凄まじい怒りの叫びが響きわたり、ひとりの女性が、別のふたりの女につき添われて大広間の後方から連れ出された。ファルバサッハが腰を浮かせかけたが、席に戻るようフィデルマが身振りで示した。

「奥方とはのちほど話し合う必要がおありですわね、ファルバサッハ」彼女はいった。ファインダーがまなざしに憎悪をみなぎらせて彼女を睨みつけたが、フィデルマは穏やかな瞳でその視線を受け止めた。

「羽振りがよくなったのは単に、ファルバサッハとノエーの両者からあり余るほどの金品を贈られていたからではありませんか？　彼らはあなたの愛情を得んとして、湯水のごとくあなたに貢ぎものをしていました。〝アマンテース・スント・アーメンテース〟、〝愛する者たちは正気ではない〟のです」

修道院長がおもざしに浮かべた表情は、相手が目下の者であれば縮みあがっていたであろう。内実を暴露されたファルバサッハは明らかに狼狽していたが、あくまでも認めるつもりはないという顔だった。ノエー前修道院長は無言で腰をおろしたまま、露呈されたこれらの事実に、すっかり茫然自失となっていた。フィデルマですら、ファインダーの二心を彼に明かしてしまったことにすこしばかり良心が咎めた。彼は見てそれとわかるほど修道院長に心を奪われているとみえ、彼女がファルバサッハとも愛人関係にあったなどと知らされては、ナイフで刺されたも同然に傷ついていた。

「カム・オーリンで、この悪事の裏にいるのは修道院内でも高位の者だと私が指摘したさい、あなたは失神なさいましたね。少なくとも私はそのとき、あなたが有罪ではないという自分の推理は正しかったと確信しました。あなたが気を失ったのは、私があなたの恋人のどちらかのことをいっているのだとお思いになったからでしょう。いったいどちらのことだと思ったのです？」

ファインダー修道院長の顔は屈辱で真っ赤だった。

「つまりそなたの推理では、フィデルマ」ボラーンが遮った。「ファインダー修道院長はガブローンを殺害していないというのだな。だがそなたは、ガブローンを殺したのはフィアルでもないという。ならば誰だというのだね——それはファインダー修道院長の命令でおこなわれたことなのか？」

「私の手順で話をさせていただけませんか」フィデルマは訴えた。「これほど複雑に絡み合った陰謀は、私ですらこれまでにも見たことがないからです。〝人形遣い〟は、ガブローンが最初に犯した罪をきっかけに数多なる死が次々と起こっていることに恐怖をおぼえはじめました。期待どおりにものごとが動かなかったのです。罪を隠蔽しようとすればするほど、ますます事態は悪くなるばかりでした。そこで先ほども申しあげたとおり、ガブローンの口を封じ──少なくともしばらくの間、商売からは手を引こうということになったのです。ガブローンの殺害を命じられた人物は、修道院を出て、ガブローンの船がもやってある場所の近くに住む身内の者を訪ねることになっていました。いっぽうガブローンは新たな船荷を待っていました。その朝、ふたりの少女が連れてこられることになっていたのです。殺害犯はガブローンの船めざして出発しましたが、ファインダー修道院長がすぐあとから迫っていることには気づいていませんでした。

彼が船のそばまでやってくると、ガブローンが手下のひとりに、山から商品を調達してこいと指示しているところでした。船上での少女たちの受け渡しは、かならず人目につかない場所でおこなわれていました。ガブローンは船員たちの多くに金を渡し、船を川に沿ってそこまで移動させるための驢馬(ろば)を連れてこさせたあと、翌日まで戻ってくるなと命じていました。少女たちは彼らが留守の間に到着し、その存在を知るものはせいぜいひとりかふたりの船員に限られていたのです。

ガブローンは確実にひとりきりでした。殺害犯は、剣で彼の首に凄まじい一撃を喰らわせて命を奪いました。彼がしばらくその場で待たねばならなかったのは、おそらく、少女たちを連れて戻ってくる者も殺してしまうつもりだったからでしょう。口封じのために、少女たちのことも始末してしまおうと思っていたのかもしれません。ところがそのとき、修道院長が川岸をやってくる姿が目に映りました。殺害犯は慌ててその場をあとにするしかありませんでした。彼は山中に逃げこみました。ガブローンの手下と少女たちは道で出くわしたときに始末してしまえばよい、と思ったのでしょう。結局、手下の男と少女たちは見つからず、殺害犯はそのまま、もともと訪ねる約束をしていた身内の者の家に向かいました。

さてガブローンの船の上では、誰に知られることもなく、数日前から狭い小部屋に閉じこめられていた気の毒な少女フィアルが、足枷（あしかせ）をみずから外して抜け出しました。なにが起こったのか知るよしもないまま、彼女がガブローンの船室へあがっていくと、彼は床に倒れて死んでいました。最初に彼女の頭に浮かんだのはまず縛め（いまし）を解くことだったので、そこで見覚えのある手枷の鍵を掴み取りました。

そのとき、猛烈な怒りが湧いてきて彼女は立ち止まりました。ナイフを手に取り、ガブローンの髪の毛を掴んで頭を持ちあげると、小ぶりのナイフで怒りまかせに彼の胸や腕をめった刺しにしたのです。彼はすでに息絶えており、それらが致命傷となることはありませんでした。これらはいずれも、この男から受けた肉体的および精神的傷害に対する怒りのあらわれにほかなりませんでした。するとここで何者かが船室のドアをノックしたのです。船に乗りこんできた修道院長でした。フィアルはぎょっとして、ガブローンとナイフの両方から手を離し、とっさにその場にあった鍵を何本か掴むと、もとの狭苦しい小部屋に逃げこみました。そこへ修道院長が船室に入ってきました。

フィアルは掴み取った四本の鍵の中からなんとか正しい鍵を見つけて小部屋から出ると、

船の反対側の端にある船倉まで行き、そこから甲板へあがって川へ飛びこみました。下流へ流された末にようやく水から這いあがりましたが、いつの間にかファルバサッハとメルにあとを追われていました」

「たいへんよい再現であった、フィデルマ」ボラーンがいった。「しかし結論には近づいておるのかね？　フィアルと修道院長の証言という重要な要素がそなたの話に含まれていることは承知したが、では謎の殺害犯とは？　その男の身内の者が山中に住んでいるなどということがなぜわかったのだね？」

「たいした謎ではございませんわ。ブラザー・エイダルフがここまでの体験を話してくださったおかげで、殺害犯の正体が判明したのです」

「そのサクソンの者がかね？　なぜその者にわかったというのだ？　そのときはすでに逃亡者となっていたはずであろう」ボラーンが訊ねた。

「ブラザー・エイダルフは、ダルバッハという盲目の隠遁者からもてなしを受けたそうです」

この場が始まって以来初めて、フィーナマルが動いた。彼はいきなり立ちあがった。

「ダルバッハだと？　その者は予の従兄にあたる者だぞ？　予の身内だ！」

ボラーンは彼に向かって薄く笑みを浮かべると、フィデルマに向き直った。

「ではそなたは、その当日従兄を訪ねていったのは、ほかでもないラーハン王だと申すのか？」

フィデルマは苛立たしげに息を吐いた。

「ダルバッハはエイダルフに、彼の従弟はファールナ修道院の修道士のひとりだと話したそうです。それが誰なのかはもはやいうまでもありません」

誰も答えず、フィデルマにとっては明白すぎるその事実を口にしようとする者すらひとりもいなかったので、彼女は不機嫌そうに話を続けた。

「結構です、私からお話しいたしましょう。ダルバッハは、エイダルフに救いの手を差し伸べたことをうっかり従弟に漏らすという明らかな過ちを犯しました。あえてそうしたのか、あるいは無意識だったのか、彼は、夜はイエロー・マウンテンで庇護を求めるようエイダルフに勧めたことをその従弟に話してしまったのです。このたびの陰謀の痕跡を隠蔽するという目的のためには、エイダルフにはかならず死んでもらわねばならぬ、と考えたこのダルバッハの縁者は、イエロー・マウンテンへ馬を走らせました」彼女は言葉を切り、フィーナマルを見やった。「そのときあなたは、聖ブリジッド教会にほど近い、ご自身の狩猟小屋にいらっしゃいました。その教会とは、すなわちエイダルフがふたりの少女を連れて身を寄せた場所です。夜も更けた頃、あなたのもとへ、エイダルフの居どころを知らせにやってきた者がいました」

みなノエー前修道院長を見ていたが、フィーナマルはあらぬ方角を見つめていた。

「予の従兄が、予の……」

ブラザー・ケイチが獣めいた異様な叫び声をあげ、人々をかきわけて大広間を出ていこうとした。ボラーンの衛兵が四人がかりで、その怪力の大男をようやく押さえこんだ。

フィデルマは両手をひろげてみせた。

「〝グォド・エラト・デーモンストランドゥム（証明終わり）〟。殺害犯はブラザー・ケイチだったのです。その者があなたの従兄であることは存じておりました、フィーナマル、そしてエイダルフから、彼の昨夜の隠れ場所を知っていたのがダルバッハのみであり、そのダルバッハがイー・ケンセリック王家に連なる者であること、さらにはファールナで修道士をしている従弟がいるという話を聞いて、私は、そのふたつのことがらどうしを単純に並べてみたのです。さらなる証拠として、ブラザー・ケイチの法衣をお調べになれば、おそらく破れた跡があり、端から五十センチメートルほど布がほつれているはずですわ」

武人のひとりが屈みこんでその部分を調べ、勢いよく立ちあがって、そのとおりであることをボラーンに報告した。

フィデルマはマルスピウム（携帯用の小型鞄）からほつれた羊毛の撚り糸を取り出した。

「彼の法衣と同じもののはずです。ケイチはガブローンの船室で法衣を釘に引っかけたのです」

それも正しいことがすぐに確認された。

「ケイチのような怪力の持ち主でなければ、ガブローンにとって致命傷となったような、下から上への斬撃を与えることはできません。フィアルのようなか弱い少女にも、修道院長にすら不可能です」

大広間に集った人々の間から賞賛の呟きが漏れた。それを遮ったのはファルバサッハ司教の皮肉めいた声だった。本来の冷静沈着な自己をいくぶんか取り戻し、やり返す機会を虎視眈々と狙っていたのだ。彼は声に出してくくっと笑った。

「まったくもってあなたは頭の切れるおかただが、フィデルマ、せいぜいそこまでのようですな。フィアルが偽りを述べるよう命じられたさいに船に乗っていたのはブラザー・ケイチではあるまい。もしそうならば、修道士は体格の大きい男だった、とその少女が言及しているはずだ。じっさい、その娘はそれが違う人物だったと証言している」

一瞬、期待に満ちた静寂がひろがり、視線が一斉にフィデルマへ注がれた。

「さすがに素晴らしいご見識ですわ、ファルバサッハ」彼女は認めた。「エイダルフとイバーに死刑判決をくだす前に彼らを取り調べたさい、これほど重要な証言に対する綿密な調査を怠ったとあれば、不名誉きわまりないことですものね」

ファルバサッハ司教は怒りに満ちた荒々しい笑い声をあげた。

「ご自分が答弁から取りこぼした事実を侮辱でごまかそうとしても無駄ですぞ。王族といえど、お世辞にもケイチは聡明とはいえぬ。そう申しあげても、フィーナマル様はお許しくださるだろう。いいかたは違えども、まさかケイチが……なんといったかね？……〝人形遣い〟であるなどとは——戯言(たわごと)にもほどがある！」そういうとファルバサッハは、にやりと満足げな笑みを浮かべてふたたび席についた。

「この件についてコバの砦(とりで)で討議をおこなったさい、確か私は申しあげたはずです——それはコバも認めてくださるはずですわ——〝人形遣い〟は修道院内でそれなりの権力を手にしている人物だ、と」

コバが勢いよく頷いた。「間違いなくそのように聞いたが、確かにファルバサッハ殿のおっしゃるとおりだ。フィアルの供述にあった人物はケイチとは似ても似つかぬ。しかもケイチは修道院内で権力を振るう立場になどまったくない」

「そのとおりです」フィデルマはいった。「この下劣なる金儲けの方法を考え出し、ケイチとガブローンをそそのかして協力させていた人物とは、ケイチの実の妹であるシスター・エイトロマ、この修道院の執事(ラクテレ)です」

シスター・エイトロマは、殺害犯としてケイチの名があがった瞬間からずっと、腕組みをして硬い表情を浮かべたまま座っていた。ボラーンに仕える武人がふたり近づいていき、その両脇を固めたときも、態度はまったく変わらなかった。

「否認するかね、シスター・エイトロマ？」ボラーンが詰め寄った。

シスター・エイトロマは顔をあげ、大ブレホンをじっと見つめた。そのおもざしからはなんの感情も読み取れなかった。

「〝ものいわぬ口ほど美しい旋律を奏でるものだ〟といいます」彼女は古い諺を引き合いに出し、静かな声で答えた。

「供述したほうが賢明だ」ボラーンが促した。「黙秘は有罪を認めたと判断されかねぬ」

「〝賢き者は口を閉ざす〟ともいいますわ」執事の返答は頑なだった。

ボラーンは肩をすくめると武人たちに合図をし、もはや無抵抗となった兄のケイチとともに、彼女を大広間の外へ連れていくよう命じた。

「エイトロマの持ちものを調べれば、金銭の隠し場所も判明するでしょう」フィデルマは述べた。「確か、彼女から一度だけ聞いたことがあります。いつの日かマナナン・マク・リールの島に住みたいのだ、と。私はてっきり、彼女はマゴールド修道院[1]に入ることを望んでいるのだとばかり思っておりました。今考えれば、おそらく彼女は兄とともにかの島へ渡り、あこぎな商売で手に入れた金で、悠々自適の暮らしをするつもりだったのではないでしょうか」

コバが立ちあがった。

「大ブレホン殿、つい先ほど、修道院へ送った伝令と話をしてまいったところ、この者が申すには、かのサクソン人に〈聖域権〉を与える、という儂からのことづてを修道院長殿に伝えるべく修道院へ向かったものの、院長殿にはお目にかかれなかったそうでございます。そこで執事殿にことづてをお渡しした、と。つまりエイトロマは、ガブローンがブラザー・エイダルフを殺害せんと儂の砦にやってくる前の晩に、彼がどこに身を隠しているのかを知っていたわけです」

「しばらく前から、エイトロマが疑わしいとは思っておりました」フィデルマはみなに向かい、いった。「ですが、理由が自分でもわかりませんでした。ところがフィアルが修道院から連れ出され、ガブローンの船に乗せられたと知ってようやく、この商いの中心にいるのが彼女だと確信したのです」

「それはなにゆえにだね？」ボラーンが興味を示した。

「私が、フィアルに会いたいと頼んだときのことです。エイトロマは私を薬師のミアッハのもとに残し、彼女を探しに行くといって出ていきました。そこで私は施薬所で彼女を待つかわりに、もう一度エイダルフに会いに行ったのです。私が行くと、看守として彼を見張っていたブラザー・ケイチの姿はそこにありませんでした。新顔の男から、ケイチとエイトロマは船着き場に行ったと聞かされました。あとから考えてみれば、あれは、私がフィアルに会って話をする前に、彼女を修道院から連れ出し、ガブローンの船に乗せるためだったのです。やがてエイトロマが戻ってきて、フィアルが行方不明だと私に告げました。なんと都合のよい話でしょう！　それからまもなく、ガブローンの船が修道院の船着き場を出たことを知りました」

「これですべて筋は通った、とみなしてよかろう、フィデルマよ」ボラーンが感謝を述べた。

「しかしながら、あの女がなぜ、かように邪なる稼業に手を染めることとなったのか、今すこし解明を願えぬか?」

「私が思いますに、直接の動機は、ある程度の余裕を持ち、自立した生活を送るために充分な富を得ることだったのではないでしょうか。『テモテへの前の書』にはなんと記されていますか? 〝ラーディクス・オムニウム・マロールム・エスト・クピディタース〟、〝それ金を愛するは諸般の悪しき事の根なり〟(第六章十節)。エイトロマは不幸な生い立ちの女性だということは、みなの知るところです。彼女は王家の血を引く者ですが、貧しい家系の生まれでした。幼い頃、兄とともに人質としてこの地へ連れてこられましたが、王家に連なる者たちは誰ひとりとして、ふたりの〈名誉の代価〉を支払い、彼女らを解放してやろうとはしなかったのです」

フィーナマルは居心地悪そうに身じろぎをしたが、王家の名誉のためにあえて口はひらかなかった。

「エイトロマとケイチは逃げ延びて、まだ幼いうちに修道院に入りました。自身のせいではありませんが、ケイチは知能が低く、ほとんど妹のいいなりでした。エイトロマには、執事以上の地位に就けるほどの力はありませんでした。彼女はそれを苦々しく思っていましたが、執事の地位に就いていれば、充分に影響力を発揮することができたはずです。彼女は執事となり、十年間にわたって修道院の日常業務をこなしてきましたが、そこへファインダーが彼女の上の地位に就く者としてあらわれ、修道院長の座に収まったのです。これは彼女にとっては相当な打撃でした。おそらくこのときに、修道院を出て自立したい、そのためには充分な富を得なければ、というように考えが変わったのでしょう。彼女が計画を練り、兄のケイチと船頭のガブローンがそれに手を貸したのです」

「これですべてが明るみに出たというわけか」ファルバサッハが口惜しそうに呟いた。

フィデルマは形だけの笑みを浮かべた。

「私の恩師であるブレホンのモラン師であればこうおっしゃるでしょう、〝できごとが理解されるのは、常にのちになってからである〟と」

ボラーンが書記官たちに指示を出し、ブレホンたちに法律の説明をしている間、エイダルフはフィデルマに向き直り、審理が終わってから初めて口をひらいた。

「いつからシスター・エイトロマを疑っていらしたのです？」彼は訊ねた。「しばらく前から彼女が気になっていたけれども、それが正しいと確信なさったのは、フィアルがガブローンの船に移されたと知ったときだったといいましたね」

フィデルマは椅子に深く座り直し、しばらく考えこんでから答えた。

「彼女に連れられて船着き場へ行ったときからです。私がこちらに到着した当日のことです」

エイダルフは驚いた。「到着したその日からですか？　どうしてまた？」

「先ほども話しましたが、エイトロマがフィアルを探しに行くといって姿を消していた間、彼女はケイチとともに船着き場に行っていたことがわかりました。彼女は戻ってくると、フィアルが行方不明になったと私にいいました。そこで私たちは船着き場に向かいました。するど修道士のひとりが、川船が沈没したと知らせに来たのです。ガブローンの船かもしれないと聞かされると、エイトロマはひどく不安げなようすを見せましたが、必死にそれをおもてに出すまいとしていました。彼女はすぐさまそちらの方角へ飛んでいきました。沈没したのがほんとうにガブローンの船ならば、フィアルが助け出され、あるいは船の残骸が調べられて、おぞましい少女売買をおこなっていることが明るみに出るおそれがあったからです」

彼女はふと言葉を切った。

「以上が理由のひとつです。さらに、これはいうまでもないのですが、あなたがマットレスの中に隠した笏杖とテオドーレ宛の書簡を私が見つけた現場を目撃したかどうかについて、彼女は嘘をつきました。彼女はその場で見ていたのです。間違いありません。初めのうちは、単にファルバサッハと修道院長を恐れているだけなのかと思っていたのですが、ほんとうの理由は、あなたを処刑することによって、私にそれ以上の調査をさせないためだったのです……」

＊

数日後、エイダルフとフィデルマは連れ立って、ロッホ・ガーマンのほとりにある波止場にいた。ロッホ・ガーマンは厳密にいえばロッホ、すなわち湖ではなく、海に向かってひろがる入り江で、ゴールやイベリア、フランクやサクソンの諸王国、そのほかの数多の国々へ向かう船が行き来する主要な港だった。ロッホ・ガーマンはアイルランド五王国内でもとりわけ活気のある港だった。アイルランド島の東南端に位置するこの港は、その立地ゆえ、航海途中の停泊地としてたいへん重宝されていた。この港のおかげで、ラーハンは盛んな貿易で潤いはしたものの、そのために海賊にも目をつけられ、たびたび襲撃を受けるという悪運にもみまわれた。

フィデルマとエイダルフは向かい合って立っていた。風が優しくふたりの髪を揺らし、衣服をなびかせている。

「つまり」フィデルマはため息をついた。「結局はそういうことだったのです。若きフィーナマルはタラに出頭を命じられ、大王（ハイ・キング）の訓戒を受けることとなりました。ファルバサッハは地位を剝奪され、今後法を振るうことができなくなります。人里離れた修道院へ送られるそうですが、奥方とはいずれ離婚することとなるでしょう。ファインダー修道院長はすでに外国へ旅立ったそうですが、おそらく行き先はローマでしょう。そしてノエー前修道院長は……ええ、もはやフィーナマルの信仰上の顧問官ではなくなったわけですから、やはりローマへ向かうつもりなのではないかしら」

「ファインダーはなんとも謎の女性でしたね」エイダルフはしみじみといった。「『懺悔規定書』とローマ・カトリック教会派の宗規の熱狂的な支持者でありながら、修道院長の地位を手に入れるためにはみずからの色香を用いることもなんら厭わぬとは。ノエー前修道院長とファルバサッハ司教の両方を、いったいどうやって夢中にさせたのでしょうねえ、私にはまるで理解が及びません。彼女が魅力的だとすら思えませんし」

フィデルマは頭をのけ反らせて笑い声をたてた。「〝デー・グスティブス・ノーン・エスト・ディスプタンドゥム（好みについて論争すべきではない）〟」

エイダルフは皮肉っぽく顔をしかめた。「そうですね。私が気に入らなくとも、それを魅力的だと思う人たちもいるのですから」彼は考えこむように口を尖らせた。「つまり、あなたのおっしゃるとおり、結局はそういうことだったのですね。さすがに、ラーハンもこれで〈フェナハスの法〉に立ち戻るでしょうか？」

フィデルマは自信たっぷりに微笑んだ。「『懺悔規定書』に定められた残酷な刑罰を執行しようという者はしばらくあらわれないでしょう。私としては、今後二度とあらわれないことを願っていますけれど」

ふたりの間にぎこちない沈黙が漂い、やがてフィデルマが彼の目を見あげた。

「やはり行ってしまうのですか？」彼女は唐突に訊ねた。

エイダルフは悲しげな表情を浮かべたが、決心は固いようだった。

「ええ。私にはカンタベリーのテオドーレ大司教殿に対してばかりでなく、あなたの兄君に対しても義務があり、これらのことづてをお届けするよう承っておりますので」

エイダルフがひそかに決意を固め、サクソン諸王国へ戻る旅を続けようとしていると悟り、ここ数日、フィデルマは複雑な心境だった。自分とともにキャシェルへ戻ってくれるならば大歓迎だ、と彼にはできるかぎり伝えてきたつもりだった。ここまでエイダルフが頑として譲らないことは初めてだった。とはいえこれ以上自分から折れるのは彼女の自尊心が許さなかった。私の想いはわかっているはずなのに……それでも一緒にキャシェルへ戻ってはくれないのか。彼が港へ行って船を探すといい張るので、なんとか考え直してもらい、どうか一緒に来てほしいと訴えたくて、とうとうここまでついてきてしまった。ブレホンのモラン師にかつていわれたことがある。自尊心とはみずからの非を覆い隠す仮面にすぎぬのだ、と。では私に非があるのだろうか？　ほかにどういえば、なにをすればよいのだろう？　自分の想いをいいあらわす言葉が見つからず、フィデルマはおそるおそる口にした。

「やはりどうしても、私たちとともにキャシェルへ戻る気はないのですか？　兄は喜んであなたを宮廷にて迎えてくださるはずですのに」

「義務ですから」エイダルフはもったいぶったようすで答えた。

「〝義務が信念に変わったとき、幸福には別れを告げねばならぬ〟といいますものね」かつて自分が彼に対する想いを打ち消そうとしたときに、みずからの義務を口実にしようとしたことを思いだしながら、彼女はあえてそういった。

エイダルフが両手を伸ばして彼女の手を取った。

「あなたは賢人たちの言葉を引用するのがほんとうにお好きですね、フィデルマ。〝正直者にとっては、義務を忘れなかったことこそが誇りとなる〟そう記していたのは確かプラウトゥス(2)ではありませんでしたっけ？」

「〈フェナハスの法〉には、〝神は人に能力以上のものを差し出すことを求めぬ〟とありますわ」先ほどの自分の言葉を茶化された気がして、彼女は思わず熱くなっていい返した。

海上に大声が響きわたり、入り江に停泊している大型海洋船のうちの一隻から小舟（スキフ）が放たれた。漕ぎ手たちによって小舟がみるみる波止場へ近づいてくると、その到着を待ちかねて、荷物を抱えた人々が数人集まってきた。

「潮の変わり目のようです」エイダルフは顔をあげ、頬に当たる風が変わったのを感じた。「あの船の船長は早く出発したがっているにちがいありません。私も乗りこむこととします。私たちはなんだか、いつもこうしてお別れしてばかりですね。最後にキャシェルでお別れしたときのことを思いだします。あのときあなたは、イベリアにある聖ヤコブの墓所への巡礼の旅に出ることが、ご自分の義務だといって譲りませんでしたね」

「でも私は戻ってきたではありませんか」フィデルマは非難がましく指摘した。

「確かに」彼は一瞬だけ笑みを浮かべ、認めた。「その点は神に感謝しなければなりませんね。なにしろあなたが戻ってきてくださらなければ、私は今頃ここにはおりませんから。ですがあのときあなたがおっしゃったのですよ、〝カンタベリーのテオドーレ〟への義務もおありでしょうし、と。あなたの言葉は一字一句忘れるものですか。ある場所から立ち去るべきときがかならずある、たとえどこへ行くのか自分でわかっていなくとも、と、そうあなたはおっしゃった」

彼女は悔やむように俯(うつむ)いた。「そうでしたね。私は間違っていたかもしれません」

「では、私がこう答えたことも憶えておいでですか？　私はキャシェルを自分の祖国とさえ考えるようになっているのです、たとえカンタベリーがどう望んでいようと、私はこの国にとどまりつづける方法をなんとしてでも見つけます、と」

彼女はその言葉をはっきりと憶えていたし、自分がそれになんと答えたかも忘れていなかった。

「私はこう答えましたね。ヘラクレイトス(3)はいっています、〝同じ川を二度渡ることはできない。水は絶えることなく流れているのだから〟と。憶えていますとも」

「今は名誉にかけて、キャシェルに戻ることはできません。カンタベリーにて守らねばならぬ約束ごとがあるからです」

彼は踵(きびす)を返しかけたがくるりと振り返り、ふたたび彼女の両手を取った。彼の目は潤んでいた。やはりキャシェルに戻ります、と喉まで出かかったが、ともに歩く未来があるのならば、彼は強くあらねばならなかった。

「私とて、これほどすぐにあなたとお別れしたくはありません、フィデルマ。あなたのお国に伝わるいにしえの三題詩(4)のひとつではこう訊ねています——かかっても恥ではない三つの病とは？　と」

彼女はほんのりと頬を赤らめ、穏やかな声で答えた。「痒みと、喉の渇きと、恋ですわね」

「一緒に来てくださいませんか？」エイダルフはふいに熱っぽく訊ねた。「カンタベリーへ、私とともに。それは恥でもなんでもありません」

「はたしてそれは、私にとって賢明な決断かしら？」震える唇にほんのかすかな笑みを浮かべながら、フィデルマは訊ねた。感情では〝はい〟と答えたくてしかたがないものの、理性がまだ彼女を押しとどめていた。

「こうしたことに賢明もなにもないでしょう」エイダルフはいった。「私にわかっているのは、めざす港を心に決めなければ、いかなる風も、あなたの人生という船の帆をはらませることはないのです」

フィデルマはちらりと後ろを振り向いた。

波止場にはデゴとエンダとエイダンが立ったまま、フィデルマとエイダルフが別れの挨拶を済ませるのをじっと待っていた。キャシェルへ戻る旅をいつでも始められるよう、それぞれが馬の手綱を握っている。彼女はじっと考えた。すぐに決断などつくはずがない。ひょっとすると、決められないということこそが答えなのでは？　どうしてよいのかわからなかった。彼女はすっかり混乱していた。エイダルフも彼女の迷いを感じ取ったようだった。

「残りたければ、そうしてくださって構いません」諦めた口調で、彼が静かにいった。

フィデルマは、彼の温かい褐色の瞳を燃えるような緑色の瞳でじっと見つめ、彼の手をぎゅっと握りしめて微笑みかけると、その手を離し、踵を返して無言で歩きだし、彼のもとから離れていった。

エイダルフはもうそれ以上なにもいうつもりはなかった。確かな足取りで自分の牝馬のもとへ戻っていく彼女の背中を、彼は見送った。エイダンとエンダがそれぞれの馬に跨(また)がり、デゴが彼女の馬を牽(ひ)いて歩み出た。エイダルフはじっと待った。心は葛藤(かっとう)し、不安と希望の狭間で胸は張り裂けそうだった。フィデルマはデゴとふたこと三言、言葉を交わした。そして鞍袋を馬の背から外した。エイダルフのもとに戻ってきた彼女は頬を上気させ、揺るぎない笑みをおもざしに浮かべていた。

「ブレホンのモラン師がおっしゃっていましたわ。理性において満足できぬのならば、衝動に従え、と。船長が私たちを置いて出航してしまわぬうちに、急いで船に乗りましょう」

訳註

第十二章

1　コロンバヌス＝聖コロンバン。五四三年頃〜六一五年。アイルランドの聖人。レンスター地方の名門の出といわれる。五九〇年頃、十二人の仲間とともにゴールに渡り、各地に修道院を設立し、アイルランドの原始キリスト教的な修道院の規律でもって布教活動をおこなった。それがゴールの修道院の在りかたと異なっていたため攻撃を受けはじめ、転々とヨーロッパ各地を移動することとなった。著作に『規則書』や『懺悔規定書（ペニテンシャル）』がある。大陸へ赴いた多くのアイルランド人伝道者の中で、もっとも偉大な人物と評価されている。また、詩人でもあった。六一三年頃、ボッビオに落ち着き、この地に修道院を設立。ボッビオの修道院は、大図書館と古文書の収蔵で有名になった。

2　ボッビオ＝イタリア北西部の町ジェノヴァの北東部。六一二年に、コロンバヌスが修道院を建立。中世ヨーロッパの文化の中心地のひとつとなった。後世、百冊余りの貴重な写本が発見された。現在は、ヴァティカン図書館等に所蔵されている。

第十四章

1　オガム文字＝石や木に刻まれた古代アイルランドの文字。三～四世紀に発達したものと考えられている。オガムという名称は、アイルランド神話の中の雄弁と文芸の神オグマに由来するとされている。一本の長い縦線の左側や右側に、あるいは横線の上部や下部に、直角に短い線が一～五本刻まれる。あるいは、長い線を跨ぐ形で、短い直角の線（あるいは、点）や斜線が、それぞれ一～五本刻まれる。この四種類の五本の線や点、計二十の形象が、オガム文字の基本形となる。この文字を用いて王や英雄の名などを刻んだ石柱・石碑は、今日（こんにち）も各地に残っている。石柱、石碑の場合は、石材の角が基線として利用されている。しかし、キリスト教とともにラテン文化が伝わり、ラテン語アルファベットが導入されると、オガム文字はそれにとって代わられた。

2　わたしから健康な身体を……＝古代アイルランドでは、王や首領は五体満足でなくてはならないという掟があり、身体に欠損のある者は王位に就けないばかりか、王が身体に損傷を受けたさいには退位せねばならなかった。（本書上巻「歴史的背景」訳註32参照）

3　ペトラルカ＝フランチェスコ・ペトラルカ。一三〇四年～一三七四年。イタリアの詩人・学者・人文主義の先駆者。ただし、フィデルマの時代には存在していない。

4　アハ・ゴーンの戦（いくさ）＝六二八年、イアハー・リーフェ（現在のリフィー川西部）における戦で、ラーハンのフェイローン、ミーの長（おさ）コナル、モアン王ファルバ・フランがラーハン王クリヴァンを斃（たお）した。

第十六章

1　セア・フィーアル＝本書上巻第一章訳註7参照。

2　ケイリャ＝〈自由民〉。古代アイルランド社会で、人々は〈自由民〉と〈非自由民〉の二種に大別された。〈自由民〉はすべて土地所有者で、財産（土地）の大小により、〝最上位自由民〟から最小のオカイラ〔小農〕までの数段階の身分に区分されていた。

第十七章

1　〈福者（ブレッシド）ゴール〉＝コロンバヌスの弟子であった聖人。五五〇年頃～六四六年頃。

2　ヌルシアの聖ベネディクトゥス＝四八〇年頃～五四七年。イタリア中部ヌルシアに生まれ、モンテ・カッシー修道院を設立。ベネディクト修道会の創立者であり、その戒律は長くヨーロッパの定住型修道生活の原点となった。

第十九章

1　フィアナ＝大王（ハイ・キング）、諸国の王、族長などが抱えていた護衛戦士団。最もよく知られているのは、伝説的な英雄フィン・マク・クールを首領に戴いた戦士たち〈フィアナ〉で、彼らの冒険を描いた数々の物語は、フィニアン・サイクル（オシアン・サイクル）として名高い。〝フィアナ〟は、現代アイルランド語では〝兵士〟の意味。

第二十一章

1　マゴールド修道院＝マン島の守護聖人、マゴールド（四八八年没）により設立された修道院。伝説によれば、彼は王家に連なる者であり、聖パトリックによってキリスト教に改宗したとされる。

2　プラウトゥス＝ローマの喜劇作家。紀元前二五四年頃〜一八四年頃。

3　ヘラクレイトス＝〝エフェソスのヘラクリトゥス〟。紀元前五四〇年頃〜四八〇年頃。紀元前五〇〇年頃活躍した、ギリシャの哲学者。宇宙の万物に永遠性を求めようとする哲学者を否定し、すべては流れ去り、留まることはないと主張して、〝嘆きの哲学者〟

と称された。

4　三題詩＝三つ組みの詩。トライアッド。古代、中世のケルトの詩形のひとつ。共通する形態、性状などを持ったものを、三つ並べた短詩。漢詩の聯（れん）や、日本の対句などが連想されるが、より素朴であるようだ。軽い諷刺や諧謔（かいぎゃく）などがうかがえるものもある。

ドイツ人のケルト学者クノー・メイヤー（一八五九〜一九一九年）などの英訳がある。

〝粗野な愚か者三種：老人を嘲弄する若者、病弱者を嘲（あざけ）る愚者、愚者を馬鹿にする賢者〟

〝集いの中での讃美の的三種：美しい妻、見事な駿馬、俊足の猟犬〟

〝いい加減な物言い三姉妹：多分、そうかも、これ本当です〟

聯や対句などは、文学的なものが連想されるが、アイルランドの場合、れっきとした古代法典にさえ左記のように、トライアッドが用いられている箇所もある（ファーガス・ケリー『アイルランドの古代法』による）。

〝被害に対して払われるはずの科料を受け取ることのできない女三種：不身持な女、正直者から盗む女、女妖術使い〟

〝〈名誉の代価（オナー・プライス）〉が認められない女三種：不身持な女、女盗っ人、女妖術使い〟

魔女も、現実の社会にちゃんと生きていたらしい。叡智の法典に、大真面目に妖術使いが言及されているところなど、古代の社会を覗かせてくれて面白い。

訳者あとがき

このあとがきでは本書の内容に触れています。未読のかたはご注意を。

たいへんお待たせいたしました。《修道女フィデルマ・シリーズ》長編第九作、『昏き聖母』（*Our Lady of Darkness*, 2000）をお届けいたします。

前作『憐れみをなす者』のラスト一行で、エイダルフが大ピンチに陥っていることが判明し、いったいどうなるのか？と、やきもきされていたかたもいらっしゃるかと思います。前作にお寄せいただいたみなさまのお声を耳にするにつけ、「ああ、早くエイダルフを救いださなければ！」と、訳者もフィデルマばりに（？）焦ったり震えたりしながら、物語を駆け抜けてまいりました。ようやくこうして形となり、みなさまにお届けすることができて嬉しく思います。

物語の舞台は、アイルランド五王国のひとつ、ラーハン王国。モアン王国の北東に位置する、フィデルマや兄王コルグーとはなにかと因縁のある国です。前々作『消えた修道士』ののち、イベリアへ巡礼の旅に向かうフィデルマと別れてカンタベリーへの帰途についたエイダルフでしたが、道中、ラーハンの王都ファールナで殺人犯として捕らえられてしまいます。知らせを聞き、フィデルマは巡礼先から取って返し、武人たちとともにラーハンへ向かいます。ラーハンでは、ひと筋縄ではいかない面々が彼女を待ち受けていました。ローマ・カトリック教会派のやりかたに心酔し、残酷な刑をあくまでも執行しようという女修道院長ファインダーをはじめとする修道士や修道女たち、未熟で野心まるだしの若き国王フィーナマル、狡智に長けたブレホンのファルバサッハ、老獪(ろうかい)なノエー前修道院長……エイダルフの命を救うべく、フィデルマの闘いが始まります。

舞台となるラーハン王国は、現代でいえば、アイルランド東岸に位置するレンスター地方にあたります。ラーハンの王都ファールナは、現代では英語読みでファーンズと呼ばれています。この地にはファーンズ城趾という遺跡がありますが、これは十三世紀に建てられた城の名残で、本書の物語の時代(七世紀半ば)よりものちの時代のものです。また、ファーンズにほど近いエニスコーシーには、十九世紀になって新しく建立された聖エイダン大聖堂が威風堂々たる姿を見せています。ちなみに、ファールナの初代司祭であった聖マイドーク(聖エイダン)は、《修道女フィデルマ・シリーズ》第二作『サクソンの司教冠(ミトラ)』で言及されるアイオナの修道士〝リンデスファーンの福者(ブレッシド)エイドーン（エイダン）〟（？—六五一年頃）と混同されがちですが、このふたりは別人とのことです。アイルランドの人名は、歴史上の人物や伝説上の人物の名が好んでつけられる傾向があり、同名の別人はけっして珍しくないようです。

　本書では、アイルランド五王国が守りつづけてきたケルト（アイルランド）・カトリック教会派と、この時代にひろがりつつあったローマ・カトリック教会派との対立が描かれます。ケルト教会派とローマ教会派の宗規の大きな違いのひとつに、犯罪に対する罰則がありました。ケルト教会派の宗規では、罪は〈賠償〉、すなわち罰金を支払うことにより贖(あがな)われましたが、ローマ教会派の宗規では、〝目には目を、歯には歯を〟というモットーのごとく、鞭(むち)打ち刑や死刑など、肉体的な刑が科せられました。のちにアイルランドのケルト教会派はしだいにローマ教会派に同化していくこととなりますが、フィデルマの生きたこの時代は、そのふたつがちょうどせめぎ合っていた頃でした。

　《修道女フィデルマ・シリーズ》は、本国では二〇二三年二月現在、邦訳が刊行済みのものも含め、長編および短編集合わせて三十三冊が刊行されており、長編第三十二作目となる最新刊 *Revenge of the Stormbringer* が今年じゅうに刊行される予定です。

さて、さまざまな危機を乗り越え、ようやく春が巡ってきたらしきフィデルマとエイダルフですが、ふたりの前途にはまだまだ困難が待ち受けているようです。はたして、ふたりに甘い時間は訪れるのでしょうか？

次巻、シリーズ長編第十作目となる *Smoke in the Wind*（2001）では、ともにカンタベリーをめざすフィデルマとエイダルフが、あるきっかけからウェールズ（カムリ）に立ち寄ることとなります。ここでも、思いもかけない事件がふたりの前に立ちはだかります。またしばらくお時間をいただくことになりますが、どうかお待ちいただけましたら幸いです。

また、この場をお借りしまして、東京創元社の小林甘奈さま、本書に関わってくださったすべてのみなさま、さまざまなかたちでお力添えをいただきましたみなさま、読んでくださるすべてのみなさまと、そして、翻訳を志したときからずっと見守ってくださった恩師、故中田耕治先生に、心よりの感謝を申しあげます。

二〇二三年二月

田村美佐子

訳者紹介　1969年生まれ。上智大学大学院文学研究科英米文学専攻博士前期課程修了。訳書にトレメイン「憐れみをなす者」「修道女フィデルマの采配」、ウォルトン「アンヌウヴンの貴公子」、ジョーンズ「詩人(うたびと)たちの旅」「聖なる島々へ」などがある。

検印
廃止

昏(くら)き聖母　下

2023年3月10日　初版

著者　ピーター・トレメイン

訳者　田村美佐子(たむらみさこ)

発行所　（株）東京創元社
代表者　渋谷健太郎

162-0814/東京都新宿区新小川町1-5
電話　03・3268・8231-営業部
03・3268・8204-編集部
URL　http://www.tsogen.co.jp
DTP　工友会印刷
暁印刷・本間製本

乱丁・落丁本は、ご面倒ですが小社までご送付ください。送料小社負担にてお取替えいたします。

ISBN978-4-488-21827-0　C0197